www.tredition.de

AF216904

Urs Aebersold

* 1944 in Oberburg / CH

1963 Abitur in Biel/Bienne (CH)

1964 Schauspielschule in Paris

und dort erster Kurzspielfilm "S"

Studium an der Universität Bern

Weitere Kurzspielfilme. "Promenade en Hiver",
"Umleitung", "Wir sterben vor"

1967-70 Studium an der HFF München

1974 Erster Kinospielfilm DIE FABRIKANTEN

als Co-Autor, Co-Produzent und Regisseur

Diverse Drehbücher für "Tatort"

1986-93 Spielfilmredaktion Bayerischer Rundfunk

Ab 1994 wieder freier Autor und Regisseur

VERZAUBERT
NOVEMBERSCHNEE
DAS BLOCKHAUS

Urs Aebersold

Drei Erzählungen

www.tredition.de© 2016 Urs Aebersold

Verlag: tredition GmbH, Hamburg
Cover-Foto: Standbild aus dem Kurzspielfilm
PROMENADE EN HIVER von Urs Aebersold

ISBN
Paperback: 978-3-7345-2148-5
Hardcover: 978-3-7345-2149-2

Printed in Germany

VERMAUBERT

Die Sehnsucht, von einem geliebten Menschen ebenso geliebt zu werden, ist der Urquell höchsten Glücks und tiefster Verzweiflung.

DIE MUTTER

Marc war oft krank, die Atemwege waren sein Schwachpunkt, fast jede Erkältung führte zu einer Bronchitis, gleichzeitig litt er an unerklärlicher Atemnot.

Seine Mutter kümmerte sich rührend um ihn, aber mit der Zwanghaftigkeit einer ängstlichen, überfürsorglichen Frau, die vor sich selbst nicht zugeben konnte, wie schwach sie sich fühlte und wie fremd in dieser Welt.

Je mehr Kraft sie brauchte, den Alltag zu bewältigen und ihre Melancholie vor allen zu verbergen, desto mehr delegierte sie ihre dunkle Seite an Marc, der erst sehr viel später begriff, daß er war wie seine Mutter, aber nicht wußte, ob dazu verurteilt, so zu leiden wie sie.

MONIKA

Die Zeiten des ersten Schuljahrs. Vormittags Schule, mittags zu Hause, nachmittags wieder Schule. Die Wege wurden vertraut, die Mitschüler erstmal mißtrauisch beäugt.

Marc schwebte vor sich hin, nichts was geschah, berührte ihn wirklich, er lebte in seiner eigenen, abgeschotteten Welt. Jeden Tag ging er seinen Weg zur Schule und nach Hause zurück, und jeden Tag sah er das Mädchen aus der Parallelklasse, die kleine, lebhafte Brünette, die immer alle Mädchen um sich scharte, die kreischten und lachten und Dinge taten, die Marc nicht verstand. Und jeden Tag blieb er länger stehen, bevor sich ihre Wege trennten, und beobachtete das Mädchen, von dem er inzwischen wußte, daß es Monika hieß.

Monika nahm sein Interesse an ihr wahr mit der Boshaftigkeit eines übermütigen Kindes, das absolut über ihr kleines Imperium herrschte. Sie spielte mit Marc und gab ihm das Gefühl, daß er dazu gehörte.

Dann kam der Winter, und Marc trug eine Mütze, die er nicht mochte, seine Mutter hatte sie ihm wegen der Kälte aufgezwungen. Auf dem Weg nach Hause stellte sich Monika ihm spielerisch in den Weg, riß ihm die Mütze vom Kopf, warf sie ihren Freundinnen zu und jauchzte, als hätte sie in der Lotterie gewonnen.

Marc machte schwache Versuche, seine Mütze wiederzubekommen, doch der Blick auf Monika, die mit blitzenden Augen das Spiel weitertrieb, stürzte ihn in einen Abgrund, den er bis dahin noch nie kennengelernt hatte. Mittags zu Hause war er sehr still. Seine Schwester und seine Eltern wunderten sich ein bißchen, doch da er nie sehr gesprächig war, ließen sie ihn in Ruhe.

MARIA

Für die Herbstferien war ausgemacht, daß Marc ein paar Tage bei seiner Großmutter mütterlicherseits auf dem Land verbringen sollte, wo er auch geboren war.

Die Tage waren noch sonnig, aber in der Früh meist neblig, die Kühe weideten noch auf den Wiesen, die ersten Kartoffelfeuer brannten schon.

Marc fühlte sich ein bißchen unbehaglich in dem großen Haus, und seiner Großmutter fiel nicht viel mehr ein, als ihm eine Schachtel alter Medaillen und Knöpfe zum Spielen zu geben.

Marc beobachtete aus dem Fenster die Kühe, die abends am Haus vorbei in ihre Ställe getrieben wurden, dieses langsame, friedvolle Trotten und Nicken der Köpfe, als wüßten die Tiere längst, was von ihnen verlangt wurde.

An einem der nächsten Tage schlüpfte Marc abends aus dem Haus und wartete darauf, daß die Kühe von der Weide geholt wurden. Die Bauernjungen sahen ihn an, ohne ihn zu grüßen, und trieben die Kühe mit bloßen Händen an.

Marc lief in der Herde mit, atmete den warmen Duft der Tiere, der nach ihren Exkrementen roch, und als er sich auf der Höhe des Hauses von ihr trennen wollte, fing plötzlich eine große, gehörnte Kuh an aufzuspringen und auf ihn loszugehen.

Es war nur der Tatsache zu verdanken, daß die anderen Kühe ruhig waren, ihr den Weg versperrten und Marc die Gefahr sofort erkannte, daß nichts weiter geschah.

Marc, der die Kühe so liebte, erzählte seiner Großmutter nichts, und versuchte tapfer selber damit fertig zu werden.

Die Tage auf dem Land waren schon fast vorbei, und noch immer schien eine milde, spätsommerliche Sonne vom Himmel, als Marc eines Morgens aus dem Haus trat und auf das Mädchen des Gießereimeisters, Maria, traf, das etwa in seinem Alter war. Maria war ein schlankes Mädchen mit großen, verschatteten Augen und langen, dunkelblonden Haaren, und als Marc es ansprach, lächelte es, als hätte es verstanden, antwortete aber nicht. Marc deutete auf den Wald, der kaum fünfhundert Meter entfernt war, und zusammen machten sie sich auf den Weg. Marc erzählte, warum er hier war, von seinem Beinahe-Zusammenstoß mit der Kuh, und Maria lachte, lächelte, ging voraus, bog kokett den Kopf zurück und sagte nichts. Sie gingen der Emme entlang, die schäumte und ihre Fluten donnernd über die weißen Felsen spülte, die in unregelmäßigen Abständen kleine Wasserfälle bildeten. Marc und Maria schauten sich an, in stillem Einverständnis, als könnte sie nie mehr etwas trennen.

Als Marc seiner Großmutter begeistert von seinem Erlebnis erzählte, wurde sie ganz still, faßte Marc am Arm und sagte leise, daß Maria taubstumm sei, daß sie weder hören noch sprechen könne. Marc schaute seine Großmutter an und wußte nicht, was er glauben sollte.

NAMENLOS I

Es war ein warmer, sonniger Samstag nachmittag, als Marc sich widerwillig auf den Weg in die Stadt machte. Am Sonntag war Muttertag, und mit seiner Schwester hatte er nach zähem Ringen vereinbart, daß er die Topfblumen besorgen und sie dafür, zusammen mit dem Vater, das Frühstück zubereiten würde.

Marc ließ das Fahrrad zu Hause und eilte die gewundene Straße hinab, in der sein Elternhaus stand, von dem aus man im Süden einen Blick über die Stadt und den See und im Norden auf den Wald werfen konnte, der sich jenseits der Nachbarhäuser bergan als dunkle Wand abzeichnete. Er überquerte den kleinen, sternförmigen Platz, an dem der Konsumladen lag, und nahm die lange, steile Treppe, vorbei an der von einem massiven Eisengitter umgebenen, geheimnisvoll verwitterten, schloßähnlichen Villa, die sich inmitten eines verwilderten Parks auf einem schmalen Absatz duckte. Über die Bahnüberführung und die ebenso steilen Treppen an der französisch-protestantischen Kirche vorbei, unter der sich eine sorgsam gepflegte Gartenanlage erstreckte, gelangte er schließlich in die von schattigen Bäumen gesäumte schmale Seepromenade, die kurz vor der Innenstadt endete.

Der Blumenladen, dessen Namen ihm seine Schwester eingebleut hatte, lag nicht weit von der Stelle entfernt, wo der Bach endgültig im Untergrund verschwand, unterhalb einer alten, gemütlichen Kneipe, deren Gäste nicht den besten Ruf genossen.

Marc ging unschlüssig auf den Laden zu und stieß im selben Augenblick fast mit einem Mädchen zusammen, dessen Anblick ihn so nachhaltig aus seinen dumpf kreisenden Gedanken riß, als wäre er gegen einen Lichtmast gerannt.

Das Mädchen war schon sommerlich angezogen und trug ein leichtes, bunt bedrucktes Baumwollkleid mit kurzen Ärmeln, weiße, knöchellange Söckchen und weiße, geflochtene Ledersandaletten. Die mittellangen blonden Haare umwehten ein ovales, etwas flaches Gesicht, auf dem ein entrücktes, heiteres Lächeln lag.

Marc starrte dem Mädchen hinterher und begriff nicht, was mit ihm geschah. Zwar hatten ihm auch schon andere gleichaltrige Mädchen durch ihr Äußeres gefallen, und er hatte sich gewünscht, in ihrer Nähe zu sein, doch das hier war etwas völlig anderes.

Marc wandte sich vom Eingang des Blumenladens ab, den er schon beinahe betreten hatte, und ging ohne nachzudenken dem Mädchen nach, das sich mit leichten, schwingenden Schritten durch die entgegenkommenden Passanten schlängelte. Ihre Arme folgten den Bewegungen ihres Körpers ohne übertriebenes Schlenkern, und auf ihren festen, schlanken Waden, die so aussahen, als würden sie in der Sonne schnell bräunen, zeichneten sich bei jedem Schritt kaum merklich ihre Muskeln ab.

Marc folgte ihr in einigem Abstand durch die ganze Stadt, wechselte mit ihr die Straßenseite, wenn es ihr gerade einfiel, wartete weit hinter ihr an Ampeln und fragte sich kein einziges Mal, was er eigentlich tat. Er sah niemanden außer ihr, die Passanten zogen wie Schatten an ihm vorbei, und die Geräusche des Straßenverkehrs schienen wie durch Zauber gebannt.

Das Mädchen hatte nun das Zentrum verlassen, ohne etwas eingekauft oder sich sonstwie aufgehalten zu haben, und ging nun auf dem Bürgersteig einer langen, breiten, beinahe menschenleeren Ausfallstraße dahin, die in der prallen Sonne lag.

Marc folgte ihr auf der gegenüberliegenden Straßenseite und konnte die Augen nicht abwenden von diesem leichtfüßigen Wesen, das in seiner gebändigten Kraft und Geschmeidigkeit zu wachsen und seine Energie unmittelbar aus den Sonnenstrahlen zu ziehen schien, die es in so verschwenderischer Weise übergossen. Es waren nicht nur die Schönheit und Harmonie dieses Mädchens, die ihn derart fesselten, sondern fast noch mehr diese Selbstverständlichkeit, wie es in der Welt war, diese Selbstgewißheit ohne den Beigeschmack von Arroganz, diese Selbstvergessenheit ohne affektiert zu sein, dieses ruhige, stetige Gehen, dieses sich um nichts Sorgen zu machen - es war die Welt, die er sich erträumte, und das Mädchen war die Wirklichkeit - lebendiges, pulsierendes Leben.

Marc beobachtete mit Entsetzen, wie das Mädchen unvermittelt die Richtung änderte, entschlossen auf ein Haus zuging, klingelte und gleich darauf im Eingang verschwand. Das Fensterglas der Haustür reflektierte einen letzten Abglanz der Sonne, die es den ganzen Weg begleitet hatte, dann war dort nur noch ein schwarzes Loch.

Marc erwachte wie aus einem Traum, schaute um sich und fand sich in einem Vorort wieder, den er bisher nur mit dem Fahrrad erkundet hatte. Mit Schrecken fiel ihm ein, daß er den eigentlichen Zweck seiner Unternehmung ganz vergessen hatte, und sah sich nach einem Blumenladen um. Die Geschäfte waren inzwischen geschlossen, und an einer Ecke entdeckte er zufällig eine alte Frau, die dabei war, Blecheimer mit übriggebliebenen, nicht mehr ganz frischen Sträußen einfacher Aprilglocken auf einen zweirädrigen Karren aufzuladen. Marc kaufte ihr hastig den besten ab und hielt Ausschau nach dem Trolleybus, der ihn in die Stadt zurückbringen sollte. Erst jetzt fiel ihm ein, daß er gar nicht auf den Gedanken gekommen war, das Mädchen einzuholen und anzusprechen - aber um was zu sagen, was zu tun? Eine Sehnsucht, die er nicht benennen konnte, zerrte an seinem Herzen und machte seine Seele schwer.

NAMENLOS II

Die "Braderie", das große Sommerfest in Biel, kannte Marc noch von früher, als er als kleines Kind von seinen Eltern zum großen, bunten Umzug mitgenommen wurde, den er stolz aus einem der Fenster der Schule, wo sein Vater unterrichtete, verfolgen konnte.

Jetzt lungerte Marc ziellos durch die für den Verkehr gesperrten Straßen, die voller Verkaufsstände und Würstchenbuden waren, und nahm wie betäubt die Ausgelassenheit, den Lärm und die Gerüche rund um ihn herum wahr, die mit der alltäglichen Nüchternheit dieser Stadt so wenig zusammenzupassen schienen.

Marc ließ sich von dem Menschenstrom allmählich auf den Platz hinaus treiben, wo die Karussells, die Autoscooter und die Achterbahn standen.

Mädchen und Jungen sausten vorbei, schrien sich unverständliche Dinge zu, jagten sich gegenseitig, packten sich derb an Händen, Hemden und Blusen und verschwanden zusammen wieder im Gewirr der Passanten.

Marc beobachtete das Treiben und dachte unbestimmt an das Mädchen, das er einst durch die ganze Stadt verfolgt hatte, ohne es anzusprechen, und eine vage Sehnsucht ergriff Besitz von ihm.

Marc drängte sich plötzlich vor zum Eingang des Riesenrads, das in Wahrheit kaum zehn Meter hoch war, und kaufte entschlossen zwei Karten.

Stolz und erregt sah er sich um, als ob das Mädchen, das er zu der Fahrt einladen wollte, schon darauf wartete, von ihm angesprochen zu werden.

Zuerst genoß er das Gefühl, eine Auswahl treffen zu können, und nur das hübscheste Mädchen kam natürlich für ihn in Betracht.

Als er dann anfing, die Mädchen um ihn herum genauer in Augenschein zu nehmen, die drallen, die stillen, die schlanken, die frechen, spürte er plötzlich einen Abstand wachsen, als stünde er auf einer Insel mitten in einem unsichtbaren, tiefen Fluß, den er nicht zu überqueren vermochte.

Stärker noch als sonst empfand er die Welt um ihn herum als etwas gesondert neben ihm Existierendes, als mißlungene Kopie und vergröbernde, ihn verhöhnende und sich seinem Willen entziehende Karikatur seiner brennenden Träume.

Die Sonne sank tiefer und mit ihr Marcs Zuversicht, doch noch ans Ziel zu gelangen, und schließlich schlich er sich davon, tief erschüttert und wütend auf sich selbst, und schwor sich einmal mehr, bei dieser Art von Ausflügen in die Wirklichkeit seine Wünsche und Sehnsüchte tief im Innern seiner Seele zu vergraben.

MAYA

Der Sommer war groß, alles schien stillzustehen, man vergaß, daß es Nächte gab, so kurz waren sie.

Marc ging zur Schule, wie gewohnt, am Nachmittag, wenn er frei hatte, ging er mit Freunden in den Wald, wo es kühler war und man Räuber und Gendarm spielen konnte.

Um in den Wald zu gelangen, mußten sie durch einen Nachbarsgarten oder weiter unten über einen toten Platz, wo sich vier Straßen gabelten, an deren einer Längsseite, hügelan, sich Garagen erstreckten, und über diesen Garagen ein Grundstück, auf dem sich eine blendend weiße Villa erhob.

Marc war schon auf dem Schulweg regelmäßig an diesem Platz vorbeigekommen, ohne ihn weiter zu beachten, doch eines Tages, als er mit seinen Freunden in Richtung Wald rannte, stieß er beinahe mit einer Prozession weißgekleideter junger Mädchen zusammen, die wild herumhüpften, kreischten und sich auf dem Weg zu der Villa befanden.

In ihrer Mitte, lächelnd, ruhig, wie eine Königin, die sich feiern läßt, ein dunkelhaariges Mädchen, Maya, trotz seiner Jugend üppig und anmaßend, mit schwarzen, glühenden Augen, die den Eindruck erweckten, als könnte es über dem Boden schweben.

Marc hielt inne und nahm diese Erscheinung wie einen Traum wahr, und als er anschließend mit seinen Freunden im Wald spielte, kam es ihm vor, als ob niemals mehr ein Sonnenstrahl zu ihnen durchdringen würde.

Marc versuchte später noch oft, diese zufällige Begegnung erneut herbeizuführen, doch das einzige, was er erreichte, war, einen flüchtigen Blick in den Garten der Villa zu erhaschen, wo sich Maya manchmal zeigte, herrisch, muffig, Welten von Marcs traumhafter Erscheinung entfernt.

MARIELLA

Es war eigentlich nicht sein direkter Weg nach Hause, und es war das erste Mal, daß er es gewagt hatte, sich Mariella anzuschließen, die sonst immer mit einer Freundin diesen Weg ging.

Marc hatte natürlich so getan, als habe es sich zufällig ergeben, daß er plötzlich neben Mariella auftauchte, hatte aber diese scheinbare Ungezwungenheit mit einem lahmen Witz, der eher wie eine Rechtfertigung klang, wieder zunichte gemacht.

Marc begnügte sich damit, Mariellas glänzendes schwarzes Haar zu betrachten, das sich bei jedem Schritt wie in Zeitlupe hob, um sich dann umso enger an den Kopf anzuschmiegen, und den leisen, parfümierten Duft einzuatmen, der ihrem warmen Körper entströmte und von ihrem Kleid nur schwach gefiltert wurde.

So öffneten und schlossen sich hastig ihre Münder und kommentierten mit ernsten und gewichtigen Worten die Widersprüche im Unterricht und die Eigenarten ihrer Lehrer.

Als sie auf den Platz kamen, wo Marc abbiegen mußte, wenn sein Interesse an Mariella nicht zu einer peinlichen Aufdringlichkeit werden sollte, fiel es Marc schwer, die entsprechenden Worte zu finden, und als er die gewundene Straße zu seinem Elternhaus hinauf ging, kam es ihm vor, als würde er, wie berauscht von einem unbekannten Gift, leise hin- und herschwanken.

MARINA

Ein heißer Sommer Ende der 50er-Jahre, ein kleiner Ort an der Adria, wo die kleinen Hotels wie Perlen aufgereiht an der schmalen, gewundenen Straße lagen, die sie vom übervölkerten Sandstrand trennte.

Marc verbrachte die Sommerferien nicht zum ersten Mal mit seinen Eltern und seiner Schwester in Italien, doch diesmal war alles anders. Hatte er sich früher damit begnügt, mit seiner Familie mitzutrotten und widerspruchslos die Strand-, Essens- und Schlafzeiten einzuhalten, wie es alle Urlauber taten, störte ihn jetzt plötzlich jede Kleinigkeit: der seltsam gemusterte Bikini seiner Schwester, die biedere Tasche seiner Mutter, in der sie ihre Strandsachen aufbewahrte, die stoische Ruhe seines Vaters, wie er in der glühendsten Hitze im Schatten des Sonnenschirms im Liegestuhl ausgestreck seine Bücher las, als säße er bequem zu Hause in seinem Ohrensessel.

Doch was Marc noch mehr beschäftigte, war die Furcht, beobachtet zu werden, daß seine Eltern, oder, noch schlimmer, seine ältere Schwester, seine innere Unruhe wahrnehmen könnten, daß sie merkten, was ihn umtrieb.

Er sah plötzlich all die jungen Leute, die am Strand und im Meer herumtobten, mittags auf einmal verschwunden waren und abends mit Vespas und Autos die Straße mit Geschrei und Getöse hinauf- und hinunter fuhren. Es waren Einheimische, die zum Teil in Hotels wohnten, aber auch in Häusern der Umgebung. Sie waren etwas älter als Marc und schienen keine Eltern zu haben, die sie beaufsichtigten, sie konnten tun und lassen, was sie wollten.

Marc versuchte sich nicht anmerken zu lassen, daß er ihr Treiben fast atemlos verfolgte, und nach ein paar Tagen hatte er herausgefunden, daß die Clique im Kern aus etwa einem halben Dutzend junger Frauen und Männern bestand, die in wechselnder Besetzung pausenlos auf Achse war. Eine junge Frau, die sie Marina riefen, stach besonders hervor, sie hatte dichtes, welliges, kastanienfarbiges Haar, das in der Sonne ins Rötliche schimmerte, große, dunkle Augen und volle Lippen, die dauernd in Bewegung waren, und helle, beinah weiße Haut. Sie war nicht im eigentlichen Sinn schön, aber so voller Temperament und überschäumender Lebensfreude, daß nicht nur Marcs Augen ihr überallhin folgten.

Trotz aller Vorsichtsmaßnahmen entging Marina Marcs Aufmerksamkeit nicht, und es schien sie zu amüsieren, wie Marc zu den Zeiten, da die Clique meistens unterwegs war, zufällig vor dem Hotel auf sie lauerte oder an der Straße, mit einem Eis in der Hand, scheinbar ziellos herumlungerte, mit einer Miene, die ausdruckslos sein sollte, doch ganz im Gegenteil seine höchste Anspannung verriet.

Als Marc seine Eltern und seine Schwester nach dem Mittagessen wieder einmal sicher in ihren Zimmern wußte und er vor dem Hoteleingang, auf einer Schaukel sitzend, scheinbar desinteressiert das

Treiben auf der Straße verfolgte, stoppte die Clique mit Marina in ihrer Mitte direkt vor dem Hotel und stürmte an ihm vorbei zum Hintereingang. Marina, die eine Sonnenbrille aufhatte, in Shorts und knappem Bikinioberteil, blieb überraschend neben ihm stehen, beugte sich zu ihm nieder, umweht von einem Duft aus schwerem, orientalischen Parfüm und Sonnenmilch, und schob die Sonnenbrille in die Stirn. "Perché non vieni con noi?" Sie ließ die Sonnenbrille wieder auf die Nase fallen, richtete sich auf und rannte den anderen hinterher.

In Marc schien etwas zu explodieren. Die großen, dunklen Augen Marinas, in denen wie immer auch ein wenig der Schalk funkelte, und die runden, festen, kaum vom Stoff verhüllten Brüste, die sich in sein Blickfeld schoben, als sie sich zu ihm herunter beugte, hatten seine Sinne geweckt und ein Begehren aus seinem tiefsten Inneren hervorgelockt, das ihn erschreckte. Hatte Marina tatsächlich ihn angesprochen? Und was wollte sie von ihm?

Marc erhob sich wie betäubt und folgte den anderen nach hinten. Dort stand eine schmale Tür zu einer Wendeltreppe offen, die nicht ins Hotel, sondern direkt auf das Flachdach führte. Von der Clique sah er niemanden mehr, er hörte nur ihr Lachen, lautes Rufen und Trampeln über sich. Langsam, dann immer schneller, erklomm Marc die Stufen.

Auf dem Dach waren Sonnenschirme, Klappsitze, ein Couchtisch und Liegestühle wahllos verstreut, hinter dem überdachten Treppenaufgang ragte die Ecke einer Matratze hervor, an der Dachbegrenzung stand ein Kühlschrank in der gleißenden Sonne. Einige der jungen Leute spielten mit einem Ball, andere hatten sich Getränke geholt und unter-hielten sich laut und mit großen Gesten. Marina stand mittendrin, hatte ihre Beine um einen Mann geschlungen, einen Arm um seinen Hals, und flirtete mit einem anderen. Als Marc auf dem Dach erschien, löste sie sich von den beiden, nahm ihn an der Hand und führte ihn zum Kühlschrank. "Vuoi bere qualcosa?" Ohne eine Antwort abzuwarten, griff sie in den Kühlschrank, nahm eine Cola heraus und riß den Kronkorken an der Metallkante ab. "Ecco, ti accòmodi..." Sie zauste Marc spielerisch die Haare und war schon wieder mitten im Getümmel. Marc setzte sich abseits im Schatten auf einen Klappstuhl und sah Marina dabei zu, wie sie geschmeidig von einem zum anderen schlängelte, lachte, scherzte und sich auf niemand wirklich einließ. Die Frauen gingen begeistert auf ihre Spielchen ein, auch die jungen Männer machten ihre Scharade lachend mit, doch sogar Marc fiel auf, daß sie, sobald sie sich unbeobachtet fühlten, Marina mit begehrlichen Blicken taxierten.

Plötzlich öffnete sich die Tür zur Treppe, der Kopf einer jungen Frau erschien in der Öffnung und rief etwas mit rauher Stimme, das Marc nicht verstand. Augenblicklich liefen die jungen Leute durcheinander, stellten Flaschen und Gläser ab, rafften ihre Sachen zusammen und rannten wie wild die Treppe hinunter. Marina hielt einen Augenblick inne und wandte sich an Marc, der immer noch wie angewurzelt auf seinem Klappstuhl saß. "Ma che aspetta? Vieni, sù..." Und schon war auch sie verschwunden. Marc wollte sich gerade erheben, als er hinter der Verkleidung des Treppenaufgangs leises Murmeln hörte, dann erschienen unvermittelt zwei der jungen Leute, ein Mann und eine Frau, die sich offensichtlich auf der Matratze vergnügt hatten, richteten hastig ihre Kleider und taumelten noch halb benommen auf die Treppe zu, ohne Marc im mindesten zu beachten. Reflexartig hob Marc die Colaflasche an den Mund und trank so heftig, daß er sich verschluckte und ein wüster Hustenanfall ihn schüttelte.

Am nächsten Tag schien die Clique wie vom Erdboden verschluckt, und auch an den folgenden Tagen tauchte Marina nicht mehr auf. Marc war wie in Trance, erst jetzt sickerte das Erlebnis so richtig in ihn hinein. Vor allem der Augenblick, als Marina auf ihn zukam, umweht vom Duft ihres Parfüms, sich zu ihm herunter beugte, die sanfte Wölbung ihrer halbentblößten Brüste seinen Blicken preisgebend, und ihre großen, dunklen Augen auf ihn richtete, lief in seinem Hirn wie eine Endlosschleife ab. Was hatte sie gesagt? "Perché non vieni con noi?" oder "Perché non vieni con me?" Und warum hatte er auf dem Dach wie festgeschraubt auf seinem Klappstuhl gesessen? In seinen Träumen tanzte sie schlängelnd vor ihm her, um ihn anzulocken, und immer, wenn er nach ihr griff, entzog sie sich ihm, doch allmählich verschwammen die Bilder ineinander, sodaß schließlich er es war, der sich mit ihr hinter dem Treppenaufgang auf dem Dach trunken taumelnd von der Matratze erhob.

MARA

Die Maturitätsfeier und die sich daran anschließenden Parties waren vorüber, und langsam wich das Gefühl von Omnipotenz und unendlicher Freiheit der betrüblichen Einsicht, daß die Versprechungen der bestandenen Prüfung schon bald durch neue und noch härtere Leistungen eingelöst werden mußten.

Marc war an diesem Wochenende allein zu Hause, seine Eltern und seine Schwester waren auf Besuch bei Verwandten, und seine Freunde hatten beschlossen, die Expo in Lausanne zu besuchen, die ihn nicht sonderlich interessierte.

Marc wanderte ziellos durch die Stadt und setzte sich schließlich auf die Terrasse eines Cafés, das an der Hauptstraße der Innenstadt lag und einen etwas anrüchigen Ruf hatte.

Bald schon fiel eine lärmende Clique junger Leute wie ein Hornissenschwarm über die leeren Stühle her und zerriß die nachmittägliche Stille mit ihrem Geschrei.

Unter den Neuankömmlingen war eine lebhafte rothaarige junge Frau mit roten, prallen Lippen, als hätte sie die letzte halbe Stunde nichts anderes getan als leidenschaftlich geküßt.

Marc starrte wie elektrisiert zu der Gruppe hinüber, abgestoßen durch das ordinäre, hemmungslose Benehmen und gleichzeitig angezogen durch die unverhüllte Direktheit, die in dem Verhalten der jungen Leute untereinander zum Ausdruck kam.

Mara, die junge Frau, spürte die Blicke von Marc auf sich und lachte ungeniert zu ihm herüber.

Langsam löste sich die Gruppe auf, nur Mara blieb noch sitzen und sprach Marc überraschend an. Sie war Ausländerin und wohnte nur vorübergehend in Biel. Sie lud Marc ein, zu ihr nach Hause zu kommen und dort ihre Unterhaltung fortzusetzen.

Marc ging wie in Trance neben Mara her, er hörte nicht mehr, was sie sagte, er sah nur noch ihre feuerroten, langen Haare, ihre schwarzen Augen, die wie Tollkirschen glänzten, ihren großen, roten, Mund mit den vollen, verletzlichen Lippen, weiße, regelmäßige Zähne entblößend, wenn sie sprach, die blendeten wie frisch gefallener Schnee.

Mara zeigte Marc ihre Zeichnungen, sprach über ihre Texte und enthüllte ein rastloses, suchendes Wesen, das sein Gegenüber kaum wahrzunehmen schien.

Marc starrte Mara an und war nicht in der Lage, den Sinn ihrer Rede zu begreifen, er saugte sich an ihrem Gesicht fest wie eine Kamera, deren Zoom nicht mehr funktioniert, und atmete ihren Duft ein, als könnte er damit Besitz von ihr ergreifen.

Der Abend sank herab, und Marc machte einen Schritt auf Mara zu, zog sie an sich und küßte sie heftig auf den Mund.

Marc spürte, wie sich die junge Frau in seiner Umarmung in jenes gesichtslose, heiß pulsierende Wesen verwandelte, das er vor sich sah, wenn das Tier in ihm aus der Höhle kroch und ihn die Hitze übermannte, er fühlte nur noch ihre warme Haut, die Rundungen ihres Körpers, den dumpfen Drang zu explodieren und sich in ihr aufzulösen, die Schwelle vom Traum zur Wirklichkeit zu überschreiten.

Mara leistete zunächst keinen Widerstand, doch die Wildheit von Marcs Begehren schien sie zunehmend zu erschrecken, sie wand sich in seinen Armen und entschlüpfte schließlich seinem harten Griff.

Marc bedrängte Mara erneut, und diesmal wehrte sie ihn mit bitteren Worten ab, verletzt ob seiner plumpen Zudringlichkeit, Vertrauen, Verständnis, vielleicht noch Zärtlichkeit erwartend.

Marc und Mara standen sich in der Dämmerung des Zimmers schweratmend gegenüber und starrten sich über die so jäh vor ihnen niedergegangene, unsichtbare Schranke ihrer unterschiedlichen Erwartungen hinweg erbittert an.

MIRIAM

Immer am Sonntag abend bis spät in die Nacht verwandelte sich der riesige Saal im ersten Stock des alten Gemäuers in einen laut dröhnenden Tanzschuppen. Von überallher strömten die Szeneleute herbei, die entweder kein Geld hatten für die schicken Discos oder diese aus Prinzip nie besuchten. Man fühlte sich eher auf dem Land als mitten in einer Großstadt, nur daß hier die Musik schärfer war. Der Raum war schmucklos, mit einem schier endlos langen Tresen, und so gerammelt voll, daß man eine Ewigkeit brauchte, bis man an die Theke gelangte, um sich etwas zu trinken zu holen, und da es keine abgegrenzte Tanzfläche gab, schoben sich die Leute, die ihr Bier oder ihren Wein tranken und in heftige Diskussionen verwickelt waren, immer tiefer in die Mitte vor, bis sie von den Tänzern mit gewagten Rock'n Roll-Einlagen gezielt wieder nach außen getrieben wurden.

Marc mochte den Laden nicht besonders, auch wenn er gelegentlich selbst tanzte, es war ihm zu laut und zu anonym, aber an dem Tag gab es keine Alternative, wenn man   Frauen kennenlernen wollte. Es war nicht schwer, mit ihnen in Kontakt zu kommen, doch nicht mehr so wie früher, als sie sich geschmeichelt fühlten, wenn man sie ansprach, sie waren selbstbewußt, zumindest die meisten, die hierher kamen, und mit dummen Sprüchen konnte man ihnen schon gar nicht kommen.

Marc hatte lange gebraucht, um herauszufinden, was sie anmachte, und dann waren es doch wieder die altbewährten Eigenschaften, nur in etwas modifizierter Form und in einer anderen Reihenfolge. Ungepflegte Gammeltypen hatten keine Chance, ebenso wenig eingebildete Blender ohne jegliche Selbstreflexion, dazwischen war Raum für viele Kombinationen, doch auch die süßeste Lockenmähne mußte passen, wenn nicht ein Schuß Virilität aus seinen Augen blitzte. Das Spiel war das gleiche geblieben, nur die Karten waren neu gemischt, und das machten sich einige Typen zunutze. Wie oft hatte Marc beobachtet, wie sie die Frauen anmachten, aufmerksam zuhörten und auch sonst genau darauf achteten, den neuen Verhaltensmustern zu genügen, dann zogen die Pärchen in höchster Erregung engumschlungen ab, um am nächsten Sonntag getrennt wieder aufzutauchen, die jungen Frauen mit einem Gesicht, das deutlich ihre Enttäuschung ausdrückte, die jungen Männer dagegen, sofern sie sich wieder hertrauten, versuchten hinter einer ausdruckslosen, neutralen Miene die Befriedigung zu verbergen, zum Ziel gekommen zu sein.

Marc mochte solche Spielchen nicht, ob aus Arroganz, weil er dachte, sie nicht nötig zu haben, oder aus Bequemlichkeit, wußte er selber nicht so genau. Er hielt sich für einen osmotischen Menschen und war überzeugt, daß echte Beziehungen ohnehin nur zustandekamen, wenn man seine Energie einfach fließen ließ und gleichzeitig versuchte, die Aura seines Gegenübers zu erspüren. Wenn dann die Gefühlsmembranen zu summen begannen, wußte man, daß ein Austausch im Gange war. Dumm nur, daß mindestens zwei dazugehörten und die meisten lieber einem Schwall von Worten vertrauten.

Marc war an diesem Sonntag spät gekommen und eher trübsinnig gestimmt, was nicht nur an dem eisigen Winterwetter lag. Seit Wochen trieb er sich in allen möglichen Kneipen herum, ohne daß es ihm gelungen war, Kontakt zu einer der Frauen herzustellen, die ihn schon länger anzogen. Es kränkte ihn ein wenig, aber er spürte, daß er in einer Phase steckte, in der er viel über sich und seine Zukunft nachdachte und deshalb wohl ziemlich finster rüberkam. Auch heute war er in sich gekehrt und wollte einfach nur dem Treiben zuschauen und sich von der Musik zudröhnen lassen. Er bestellte ein Bier und blieb mit dem Rücken zum Tresen stehen, schon der erste Schluck beförderte ihn in eine wohlige Selbstvergessenheit.

Eine helle Stimme neben ihm bestellte ein Wasser, und Marc drehte sich reflexartig nach ihr um. Die Stimme gehörte zu einer jungen Frau, die auf einem Barhocker saß und sich mit dem Wasser in der Hand wieder zum Saal umdrehte. Sie war klein und zierlich wie eine Porzellanpuppe, mit mittellangen, kupferroten Haaren und veilchenblauen Augen, die wie gemalt aussahen, und steckte in einem Jeanskleid, das wie eine Uniform wirkte. Ihre Haut war unnatürlich weiß, und das Oval ihres Gesichts mit den leicht auseinanderstehenden Augen, der grazilen Nase, dem schmalen Mund und den regelmäßigen, kleinen Zähnen hatte etwas Katzenhaftes. Marc sah sie an, sie spürte seinen Blick, lächelte ihm kurz zu und blickte dann wieder reglos in den Saal. Jetzt nahm er auch ihren Duft wahr, ein Hauch von Veilchenparfum, als hätte sie es passend zu ihren Augen ausgesucht.

Sie war eigentlich nicht sein Typ, aber ihre Erscheinung faszinierte ihn, ihr elfenhaftes und doch sehr feminines Wesen, ihre Art, wie sie mitten in diesem Lärm und den um sie herumwogenden Leibern so statuenhaft ruhig bleiben konnte. Warum war sie überhaupt hier? Marc sah sie wieder an, sie war bestimmt ein paar Jahre älter als er, und auch diesmal spürte sie seinen Blick. "Ich bin sonst immer mit Freunden hier, einige sind ganz versessen aufs Tanzen." Sie drehte sich kurz zu ihm um und lächelte ihn an, als würden sie sich schon länger kennen. "Ich schaue ihnen dann dabei zu, aber eigentlich unterhalte ich mich lieber..." Marc nahm einen Schluck von seinem Bier. "Meistens tanze ich auch, aber dazu muß ich in Stimmung sein..." Sie drehte sich rasch zu ihm um und musterte ihn eingehend, ein Anflug von Boshaftigkeit in ihren Augen. "Scheint heute nicht dein Tag zu sein..." "Na ja..." Marc lehnte sich betont mit dem Rücken gegen den Tresen. "...auch Mauerblümchen werden manchmal gepflückt..." Sie lachte ein leises, silbriges Lachen und ließ sich vom Hocker gleiten. "Ich glaube, ich werde hier nicht alt, war reine Gewohnheit, heute her zu kommen..." Sie blieb einen Augenblick forschend vor ihm stehen. War das eine Aufforderung oder ein letzter Blick zum Abschied? Marc stellte sein Glas auf die Theke und legte ein paar Münzen dazu. "Ich denke, ich habe auch genug gesehen..." Sie wandte sich ab und kämpfte sich wortlos zum Ausgang, Marc tat es ihr nach und blieb dicht hinter ihr.

Draußen standen sie sich unschlüssig in der Kälte gegenüber, vom Tanzschuppen wummerten leise die Bässe herüber. "Ich heiße Miriam, ich wohne ganz in der Nähe..." "Marc... wenn du willst, begleite ich dich bis zur Haustür..." "Ein echter Kavalier..." Sie wandte sich ab und machte sich auf den Weg, Marc hielt sich an ihrer Seite. Das Gehen gab ihnen Zeit, eine Entscheidung zu treffen oder sie zumindest hinauszuzögern, beide versuchten sich darüber klar zu werden, worauf das hier hinauslief.

Es fiel kein weiteres Wort, bis Miriam auf einen etwas heruntergekommenen Altbau zuhielt, die Haustür aufschloß und sich mit einem fragenden Gesichtsausdruck zu Marc umdrehte. Hätte er jetzt gesagt: "Okay, ich wünsche dir eine gute Nacht...", oder sie: "Danke für den Begleitschutz, vielleicht sehen wir uns ja wieder...", wäre das auch in Ordnung gewesen, aber irgendetwas war zwischen ihnen, das noch nicht erledigt war. Marc hatte sich schon ein wenig festgesaugt an ihrem femininen Wesen, und

Miriam schien irritiert, daß Marc zwar Interesse an ihr zeigte, aber so wenig tat, um sie für sich zu gewinnen. So sahen sie sich eine Weile ernst und regungslos an, bis Marc in ein lautloses Lachen ausbrach. "Als ginge es um Leben oder Tod..." Miriam entspannte sich augenblicklich und lachte wieder ihr silbriges Lachen. "Dann entscheide ich mich für das Leben..." Sie machte einen Schritt in den Hausflur und hielt Marc lächelnd die Tür auf.

Miriams Wohnung bestand aus einer Wohnküche, einem Bad und einem großen Wohnraum. In einer Ecke lag eine riesige Matratze auf dem Boden, in einer anderen stand ein massiver Arbeitstisch aus dunklem Holz, von dicken Stoffballen bedeckt, irgendwo dazwischen zwei bequeme Lehnsessel und ein durchgesessenes Sofa. Überall hingen dunkel gemusterte Tücher von der hohen Decke, offenbar Eigenkreationen von Miriam, mehrere verhangene Lampen verbreiteten ein diffuses Licht. Es sah aus wie ein Zimmer in einem verwunschenen Schloß.

Marc war mitten im Wohnzimmer stehengeblieben, Miriam rückte da und dort einiges zurecht und legte eine Stoffrolle auf den Arbeitstisch zurück, die auf den Boden gefallen war. "Ich kann dir einen Tee machen, wenn du willst, vielleicht finde ich auch noch einen Schluck Wein..." Ihr Ton war beinahe geschäftsmäßig geworden. "Nein danke, ich brauche nichts..." Miriam kam auf Marc zu und faßte ihn mit beiden Händen leicht an den Armen. "Hör zu, ich fühle mich plötzlich ganz müde, ich habe gestern wenig geschlafen... macht es dir was aus, wenn ich mich einfach ins Bett lege? Du kannst hier schlafen, wenn du willst..." "Nein, das ist schon okay..." Miriam lächelte ihn erleichtert an und verschwand lautlos im Bad. Marc hörte sie ihre Zähne putzen, die Toilettenspülung ging, dann war sie schon wieder zurück. Sie trug nur noch einen knappen Slip und schien nicht im mindesten befangen, daß Marc sie nackt sah. Sie war schlank, ihre Figur makellos, mit runden, festen Brüsten, die Brustwarzen rosa und kindlich klein. Wie erlöst sprang sie ins Bett, zog die Decke unters Kinn, bibberte theatralisch, als würde sie entsetzlich frieren, und atmete dann tief durch. "Das ist für mich der schönste Augenblick des Tages, alles Schwere fällt von einem ab und man hat endlich seinen Frieden..." Marc war ernsthaft verwirrt, Miriam sandte so viele widersprüchliche Signale aus, daß es ihm schwerfiel, sie zu verstehen. Hatte sie es sich anders überlegt, wollte sie einfach nur ihre Ruhe haben oder versuchte sie ihm eine Entscheidung aufzudrängen? Miriam spürte, wie Marc sich verkrampfte, lächelte ihm zu und rutschte auf der Matratze ein Stück gegen die Wand. "Komm, es ist Platz genug..." Marc grinste verlegen, zog seine Jacke aus und deutete mit dem Daumen Richtung Bad. "Gleich..." Im Bad spülte er mit Zahnpasta flüchtig den Mund aus, wusch sich das Gesicht, ging ins Wohnzimmer zurück, zog sich bis auf die Unterhose aus und schlüpfte zu Miriam unter die Decke.

Marc wandte sich Miriam zu, die entspannt auf dem Rücken lag, die Hände hinter dem Nacken. Unschlüssig schob er seine Hand auf ihren Bauch und ließ sie dort liegen. Miriam drehte kurz den Kopf und sah ihn an, dann starrte sie wieder an die Decke. Marc bewegte seine Hand sachte nach oben, umkreiste langsam ihre Brüste und umfaßte sie dann mit der ganzen Hand. Miriam schloß die Augen und ließ ihn reglos gewähren. Marc rückte näher an sie heran, ließ seine Hand an ihrer Hüfte entlang nach unten zu ihren Schenkeln gleiten, die sich glatt und fest anfühlten, und drückte sie, als wollte er sie massieren. Allmählich spürte er die Hitze in sich aufsteigen, sein Hand drängte zwischen ihre Beine und unter den Slip, als Miriam sich plötzlich regte, mit einem sanften, aber entschiedenen Griff seine Hand zurück stieß und, sich auf einen Ellbogen aufstützend, zu Marc umdrehte. "Tut mir leid, ich bin noch nicht soweit, ich haben einen Freund, von dem ich mich gerade trenne..." "Soll ich gehen?" "Nein, nein, du hast so zärtliche Hände, mach weiter, wenn du es ohne schaffst..." Sie strich ihm mit der Hand sanft übers Gesicht und küßte ihn leicht auf Wange und Stirn. Marc fühlte sich völlig durcheinander. Noch nie hatte er mit einer Frau im Bett gelegen, die nichts anderes wollte als geküßt und gestreichelt zu werden. Alles an Miriam stachelte ihn an, ihre lockende Nacktheit, ihre glatte Haut und der Veilchenduft, der sich mit ihrem eigenen Geruch vermischte. Marc war erregt und kurz vor der Schwelle, wo es kein Zurück mehr gab, doch Miriams leise Bitte, die keine Zurückweisung war, und ihr Mut, sich ihm voller Vertrauen schwach und bedürftig zu zeigen, lösten ein Echo aus, und etwas in ihm gab nach. "Ich versuche es, aber du machst es mir schwer..." Marc schlug die Decke zurück und streckte wieder die Hand nach ihr aus, sie hatte sich jetzt auf den Bauch gerollt. Wie in Trance liebkoste er diesen schutzlosen, nackten Körper und fühlte sich Miriam näher, als wenn er blind in sie eingedrungen wäre. Miriam seufzte tief auf, drehte sich halb zu Marc herum, fuhr im nochmal zärtlich über Gesicht und Haare, küßte ihn flüchtig auf den Mund, drängte sich mit ihrem Gesäß an seinen Bauch und war in kürzester Zeit eingeschlafen. Marc war jetzt hellwach und dachte etwas hilflos über das Erlebte nach, das jetzt schon der Vergangenheit angehörte.

Der Morgen war ernüchternd, aber nicht peinlich. Marc war aus einem kurzen Schlummer früh hochgeschreckt und hatte sich rasch angezogen, jedes Geräusch vermeidend, dennoch wachte Miriam auf. Sie schob sich an der Wand in eine sitzende Stellung hoch, die Decke um sich geschlungen, und beobachtete Marc, wie er im fahlen Morgenlicht seine Schuhe band. Marc lächelte ihr zu, zog seine Jacke an und kniete sich neben der Matratze vor sie hin. "Diese Nacht werde ich mein Leben lang nicht vergessen..." Er fuhr ihr durch die Haare und küßte sie leicht auf die Lippen. "Unvollendet, aber für mich war es schön..." Leise Melancholie schwang in Miriams Stimme. Die anfängliche Unbestimmtheit ihrer Begegnung hatte jetzt eine andere, intimere Tönung, trotzdem wußten beide, daß es keine Fortsetzung gab. Würden sie etwas verpassen, hatten sie etwas versäumt? Marc ging zur Wohnzimmertür und warf einen letzten Blick zurück. Miriam lag wieder ausgestreckt auf der Matratze, in die Decke eingehüllt, es war nichts von ihr zu sehen.

MILA

Wenn sie kam, kam sie spät und immer in Beglei tung eines Mannes, der älter war als die Mehrzahl der Gäste, die sich hier zum letzten Kneipenstop versammelten. Während sich die anderen Ankömmlinge sofort zu Trauben verklumpten oder sich hektisch durch die Menge kämpften auf der Suche nach Freunden, die sie irgendwo ganz hinten vermuteten, setzte sie sich gleich an den Tresen, bekam ein bläulich schimmerndes Getränk vorgesetzt und rührte sich nicht mehr vom Fleck. Sie war groß, schlank und trug lange, fließende, orientalisch anmutende Gewänder, die nur um den Oberkörper eng anlagen und sonst wenig von der Form ihres Körpers verrieten, ihre schmalen Füße steckten in schwarzen, eng geschnittenen Stiefeletten. So konzentrierte sich die ganze Aufmerksamkeit auf das von weißblondem, langem, welligem Haar umrahmte Oval ihres Gesichts, das von fahler Blässe und glatt wie Elfenbein war, mit einem müden Zug um die lila geschminkten

Lippen, einer Nase, die eine Spur zu kurz war, um als edel zu gelten, und Augen, die man nie mehr vergaß. Groß, schwarz, scheinbar ohne Pupillen, waren sie wie tiefe Teiche, die auch das hellste Licht nicht reflektierten. Eine Aura von Künstlichkeit und Neurasthenie umwehte sie, sie wirkte völlig deplaciert in diesem Lokal, das laut war und verraucht und voller sinnlicher Erwartungen. Sie sprach mit niemandem und niemand sprach sie an, als fürchteten alle, daß sie sonst in sich zusammenfiel wie eine tropische Pflanze.

Der Mann, der sie herbrachte und ausstellte wie ein kostbares Juwel, fuhr einen blütenweißen Citroën DS, betrieb ein Fotostudio und versuchte sich bei den jungen Szeneleuten als ihresgleichen anzubiedern. Marc war fasziniert von dem ungleichen Paar, vermochte sich aber keinen Reim darauf zu machen, in welchem Verhältnis sie zueinander standen. Dem Mann wuchsen lange, wollige Kotletten, was ihn ungewaschen erscheinen ließ, er hatte kleine, spitze Zähne, und seine Augen waren notorisch gerötet, wie bei jemand, der zu wenig schläft. Er war besonders erpicht darauf, Filmstudenten kennenzulernen, und so kam Marc mit ihm ins Gespräch. Es ging ihm aber nur darum, dabei zu sein und an Aufträge zu kommen, und das war in diesem Lokal und um diese Zeit keine gute Idee.

Gegen seinen Willen zog diese weißblonde Diva Marc immer stärker in seinen Bann, es reizte ihn, diese ätherische Schönheit zu einer Gefühlsäußerung zu provozieren. Wenn die beiden da waren, achtete er darauf, in ihrer Nähe mit ihrem Begleiter ein paar Worte zu wechseln, um sie allmählich an seine Gegenwart zu gewöhnen, falls sie überhaupt ihre Umgebung wahrnahm. Zu seiner Verblüffung war sie es, die ihn ansprach, als ihr Begleiter sich wieder einmal zu einer Lokalrunde aufmachte und Marc, dicht neben ihr am Tresen, einen Wein bestellte. "Habe gehört, du bist an der Filmhochschule..." Ihre Stimme war dunkel und überraschend melodiös. Marc nahm seinen Wein entgegen, sah sie flüchtig an und versuchte so lässig wie möglich zu wirken. "Ja, seit sie vor zwei Jahren eröffnet wurde..." "Und? Macht's Spaß?" Spöttisch, aber nicht herablassend. "Spaß ist nicht das richtige Wort... wir wollen, daß im Kino endlich wieder ein paar anständige Filme laufen, mit spannenden Geschichten..." Sie lächelte und nahm einen Schluck von ihrem blauen Getränk. "Und wie soll das gehen?" "Es gibt kein Rezept... in meinem ersten Film versuchen sich drei Gangster gegenseitig aufs Kreuz zu legen... ich zeige ihn an der Werkschau in Solothurn..." Sie hob rasch den Blick. "Ist das in der Schweiz?" "Ja, ganz in der Nähe bin ich aufgewachsen..." Sie sah ihn eine Weile nachdenklich an, dann machte sie dem Mann am Ausschank ein Zeichen, daß sie etwas schreiben wollte. Der Mann schob ihr einen Rechnungsblock und einen Kugelschreiber hin. Sie notierte etwas, riß den Zettel ab und reichte ihn Marc. "Ich bin Mila, ich habe einen Bruder, der schreibt so verrücktes Zeug... ruf mich mal an, dann zeig' ich es dir... aber bitte nicht zu früh, ich stehe nie vor elf auf..." Mila rutschte vom Hocker und sah an Marc vorbei auf ihren Begleiter, der seine Runde beendet hatte und nun auf sie zu kam. "Scheiße, nichts los heute, sind alle besoffen oder bekifft..." Er faßte Mila am Arm und zog sie vom Tresen fort. Mila warf Marc einen letzten, tiefen Blick zu, sodaß ihr Begleiter irritiert erst Mila und dann Marc anstarrte und Mila entschieden zum Ausgang drängte.

Mit einer Flasche Sekt stand Marc vor dem Haus, in dem Mila wohnte. Die ganze Sicherheit, die er beim Gespräch mit ihr spät nachts im Lokal noch empfunden hatte, umgeben von einem Pulk Wärme ausdünstender Menschen, ermutigt vom Wein und im Schutz der schummrigen Beleuchtung, war von ihm abgefallen. Die Kälte dieses fahlen Wintertags kroch ihm unter die Lederjacke. Marc atmete tief durch und klingelte. Es dauerte eine Weile, bis der Summer ertönte, dann stieß er entschlossen die Haustür auf.

Mila stand lächelnd in der Wohnungstür und ließ ihn wortlos ein. Sie ging barfuß und war in einen hellgrauen"Fruit-of-the-Loom"-Jogginganzug gehüllt, der ihre Schönheit weniger ätherisch erscheinen ließ, dafür bewegte sie sich weit geschmeidiger und kraftvoller, als er es in Erinnerung hatte. Marc fühlte sich plump und gewöhnlich und streckte ihr hilflos die Flasche Sekt entgegen. "Oh, vielen Dank, in der Küche sind Gläser." Sie deutete auf eine offene Tür, ging ins Wohnzimmer und drapierte sich auf dem Sofa.

Marc suchte in der Küche nach passenden Gläsern, und als er nervös das Drahtgitter von der Sektflasche abriß, verletzte er sich am Daumen. Innerlich fluchend wickelte er sein Taschentuch um die blutende Wunde und ging mit der Flasche und den Gläsern ins Wohnzimmer, stellte alles auf dem Couchtisch ab und schenkte ein. Mila entdeckte sofort sein Ungemach. "Vorsicht, sonst gibt's rosa Champagner..." Marc lächelte gequält. "Das kann ich sonst besser..." Er reichte ihr ein Glas, ließ sich mit seinem in einen Sessel fallen, prostete ihr stumm zu und nahm einen tiefen Schluck. Sie nippte nur daran, legte es beiseite und griff nach den drei Schnellheftern neben sich auf dem Sofa. "Hier, die Ergüsse meines Bruders... ich konnte nie viel damit anfangen, aber vielleicht eignen sie sich ja als Vorlage für einen Film..." Marc beugte sich vor und nahm ihr die dünnen Hefter aus der Hand, im gleichen Augenblick klingelte das Telefon. Mila hob entschuldigend die Schultern, ließ sich graziös vom Sofa gleiten und schritt ohne Eile zum Telefon, das draußen im Flur stand.

Marc lehnte sich im Sessel zurück und ließ seinen Blick rasch über das Zimmer schweifen. Es sah geschmackvoll, aber unbelebt aus mit seinen grellweiß gestrichenen Wänden, den hellen, leinenbespannten Lehnsesseln und dem dazu passenden, wuchtigen Sofa. Überall hingen Nachdrucke expressionistischer Maler, dazwischen kunstvolle Schwarzweißfotos von Mila, Porträts und in luftigen Gewändern, in einer Ecke thronte eine mächtige Musikanlage. Marc schlug einen der Hefter auf und überflog die ersten Seiten. Es klang alles sehr nach Bukowski, aber ohne dessen Biß. Dachte sie tatsächlich, daß das ein Filmstoff sei? Mila hatte inzwischen den Hörer abgenommen, und Marc hörte mit halbem Ohr zu. "Hallo...? Nein, bin gerade beschäftigt... Nein! Ganz sicher nicht! Wir können uns jetzt nicht sehen...! Ja, wie üblich... bis heute abend..." Mila legte auf, kam ins Wohnzimmer zurück und ließ sich mißmutig aufs Sofa fallen. Marc ließ den Schnellhefter sinken. "Dein Freund?" "Ralph ist nicht mein Freund... er macht Fotos von mir und möchte mich unbedingt exklusiv..." "Was spricht dagegen?" "Sieh dich doch um! Perfektes Handwerk, aber es fehlt die Seele...!" Mila zeigte auf die Fotos an den Wänden, und ihr sonst so maskenhaft ebenmäßiges Gesicht stand auf einmal in Flammen. Marc, eben noch am Verzweifeln, weil er keinen Weg fand, zu ihr vorzudringen, sah Mila an, und das Lebendige in ihr, das bis jetzt verborgen war, griff wie ein Feuer auf ihn über. Eine plötzliche Kühnheit flammte in ihm auf. "Warum fährst du nicht mit auf das Festival, da kommst du auf andere Gedanken..." Mila sah ihn überrascht an. "Wann ist das?" "Nächste Woche, wir sind zu viert..." Ihre Gesichtszüge glätteten sich wieder bis zur Unnahbarkeit. "Ich bin dabei... und sag mir wegen meinem Bruder Bescheid..."

Die Fahrt in die Schweiz mit Marcs kleinem R4 war eine Qual. Die Heizung war bis zum Anschlag aufgedreht, dennoch schien von überallher kalte Luft einzudringen, und durch die Ausdünstung der fünf erwachsenen Menschen beschlugen sich die Scheiben ständig von innen. Mila saß vorne neben Marc, der verbissen das letzte aus dem schwachbrüstigen Motor herausholte. Sie hatte sich in ihren dicken Mantel eingehüllt und versuchte zu schlafen, auf dem Rücksitz waren Michael, Filmstudent auch er, Paul, einer der Hauptdarsteller, und dessen Freundin Irma zusammengepfercht. Mit angezogenen Knien starrten sie angespannt nach draußen in den lichtlosen Wintertag, als erwarteten sie jederzeit eine Panne oder einen schlimmen Unfall. Nur ab und zu durchbrach eine gemurmelte Unterhaltung das angestrengte Dröhnen des Motors.

Marcs Eltern kamen mit den modisch verwilderten Gästen überraschend gut zurecht, wohl auch, weil diese trotz ihres bohèmehaften Äußeren alle über passable Manieren verfügten. Lächelnd standen sie in der offenen Haustür, als der R4 gegen Abend dampfend wie eine Lokomotive zum Stillstand kam. Als alle ausstiegen, blickte Marcs Mutter etwas verwundert von dem blonden Geschöpf zu ihrem Sohn, der verlegen grinsend die Schultern hob. Es gab Salat und Gulasch mit Kartoffeln, und Marcs Vater stellte eine Flasche Rotwein auf den Tisch. Alle aßen mit großem Appetit, erleichtert, dem engen Gefängnis des kleinen Autos unbeschadet entkommen zu sein. Nur Mila saß bleich und still auf ihrem Stuhl, aß wenig und beteiligte sich kaum an der Unterhaltung. Marcs Mutter sah einige Male fragend ihren Sohn an, doch Marc vermied geflissentlich ihren Blick.

Mitten in diese angeregte Atmosphäre schrillte plötzlich das Telefon. Marcs Mutter erhob sich, entschuldigte sich kurz und ging nach hinten ins Elternschlafzimmer, wo der Apparat stand. Sie kam gleich wieder zurück und verkündete unsicher, eine Mila werde verlangt. Ein kurzer Moment der Irritation, dann standen Marc und Mila rasch auf, die Tischgespräche gingen weiter. Marc führte Mila zum Telefon und sagte, er warte nebenan auf sie. Durch die Wand zum Elternschlafzimmer konnte er zwar nicht alles hören, doch aus den Wortfetzen ergab sich dennoch ein Sinn. Am anderen Ende war Milas "Begleiter", der außer sich schien, daß Mila einfach abgehauen war, aber nicht wegen Marc, sondern weil Mila in den nächsten Tagen auf den Malediven offenbar vom berühmten David Bailey fotografiert werden sollte, was sie ihm verheimlicht hatte, aus Angst, er würde sie nicht gehen lassen. Anscheinend versuchte er alles, sie davon abzubringen, doch sie beharrte auf ihrem Recht, selbst über ihr Leben zu bestimmen. Als Mila auflegte, öffnete Marc die Tür zum Gang, an dem auch das Elternschlafzimmer lag, und zog Mila in sein früheres Kinderzimmer. Sie setzten sich auf sein Bett, Mila war ziemlich durcheinander. "Das war Ralph... er hat für mich einen Fototermin gebucht... mit David Bailey! Auf den Malediven!" "David Bailey? Phantastisch! Aber ich dachte, Ralph wollte dich unbedingt exklusiv..." "Bei diesem Angebot?" Mila wirkte verärgert. "Jetzt ist er eben über seinen Schatten gesprungen..." Hatte Marc sich verhört? Unmöglich. Es war Mila, die Ralph gebeichtet hatte, Baileys Agentur habe sich bei ihr gemeldet. "Und wann fliegst du?" Mila senkte den Blick. "Morgen..." "Morgen schon?" "Um fünfzehn Uhr zwanzig gibt es ab Zürich einen Flug..." Mila hob den Kopf und sah ihn lauernd an. Ihre Augen waren undurchdringlich und schimmerten im Licht der Nachttischlampe wie flüssiger Teer. "Kannst du mich fahren?" Etwas in Marcs Brust verengte sich wie nach einem plötzlichen Druckabfall. Mila mußte diesen Trip schon lange geplant haben, und ihn hatte sie auserkoren als Schutzschild gegen Ralph. Wie hatte er sich nur einbilden können, daß zwischen ihm und diesem überirdisch strahlenden Wesen eine intime Beziehung möglich war? "Klar, kein Problem, aber dann verpaßt du meinen Film..."

Die Atmosphäre in dem kleinen Auto war frostig, nicht nur wegen der klirrenden Kälte draußen. Mila hatte den anderen erst beim Frühstück von ihrem Fototermin erzählt, und Marc hatte so getan, als sei das eine großartige Sache, sie müßten nur etwas früher los, damit er die Vorführung seines Films nicht verpaßte, doch seine Freunde ahnten, daß sich dahinter viel Unausgesprochenes verbarg.

Marc lud seine Freunde im Festivalzentrum aus und lenkte das Auto, allein mit Mila, Richtung Autobahn. Es war Sonntagmorgen und nur wenig Verkehr, sie kamen gut voran. Mila hatte sich wieder in ihren dicken Mantel gehüllt und rutschte im Sitz nach unten, sodaß nur noch ihre Haare, Stirn und Nase zu sehen waren. Es fiel kein Wort, und Milas beharrliches Schweigen bestärkte Marc in seiner bitteren Erkenntnis, daß er nur eine beliebige Figur war in ihrem egomanischen Spiel.

Am Flughafen hielt Marc vor dem Eingang, Mila erwachte wieder zum Leben und holte ihre Reisetasche vom Rücksitz. Marc schob sein Fenster nach hinten, und Mila beugte sich zu ihm herunter. "Danke, das vergesse ich dir nie... ruf mich an, wenn wir beide wieder in München sind..." "Soll ich nicht mit 'reinkommen? Könnte ja sein, daß irgendwo da drin Ralph auf dich lauert..." Mila hatte sich schon zum Gehen gewandt und drehte sich überrascht zu Marc um. Sein bitterer Spott traf sie unvorbereitet, da war nichts mehr von seiner andächtigen, geduldigen Anbetung. Hinter ihrer Elfenbeinstirn arbeitete es, in ihren schwarzen Augen loderte die Wut, ihr sonst so beherrschtes, ebenmäßiges Gesicht verzerrte sich zu einer häßlichen Grimasse, als sich ihr Mund zu einer Entgegnung öffnete. Dieser Augenblick dauerte nur kurz, sie verkniff sich eine Antwort, drehte sich abrupt um und war im Eingang verschwunden. Marc sah ihr nach, grinste verlegen und schaltete in den ersten Gang, fuhr aber nicht gleich los. Gestern nacht noch hatte er vor Enttäuschung, Mila vollkommen gleichgültig zu sein, kaum geschlafen, jetzt machte ihm ihr entlarvender Abgang den Abschied leicht und erfüllte ihn mit dem befreienden Gefühl, einer lähmenden Hörigkeit entronnen zu sein.

MANUELA

Als Marc die Wohnung betrat, war die Party in vollem Gange. Im kahlen Flur, ohne ihn zu beachten, lehnten die üblichen Typen mit glasigen Augen an der Wand, die Bierflaschen fest im Griff, und ruckten mit ihren Köpfen im Rhythmus der Musik wie Reptilien vor und zurück.

Marc schob sich durch die Menge, Hitze schlug ihm entgegen, junge Frauen mit verrutschten Tops pflügten kreischend durch die Zimmer, dann stand plötzlich Chris vor ihm. "Na, Alter, die Hälfte hast du verpaßt.." Marc umarmte seinen alten Freund und nahm hinter ihm fast unbewußt eine Frau wahr, an welcher der ganze Trubel abzuperlen schien. Chris deutete mit dem Daumen auf sie. "Das ist meine Freundin Manuela, ich glaube, du kennst sie noch nicht..." Manuela lächelte, hob ihr Weinglas und prostete Marc stumm zu. Marc imitierte ein nichtvorhandenes Glas und prostete Manuela stumm zurück.

Chris stieß Marc in die Seite. "Komm mal mit, da hinten ist die Hölle los..." "Da hinten" war das Wohnzimmer und die Stereoanlage, die Gäste waren betrunken und tanzten wie Zombies durch alle Zimmer.

In der Tür zum Wohnzimmer blieb Chris neben Marc stehen. "Kein schöner Anblick, wenn man nüchtern ist, also halt dich ran..." Chris grinste Marc zu und kämpfte sich durch das Gewoge in den Flur zurück. Marc sah sich um, holte sich ein Bier aus dem Kasten, der neben der Tür stand, lehnte sich an die Wand und sah dem wilden Treiben mit gemischten Gefühlen zu. Er wünschte sich eine Beziehung und trieb sich deshalb auf allen möglichen Parties herum, hatte es bisher jedoch nur zu ein paar flüchtigen Bekanntschaften gebracht. Aus den Augenwinkeln taxierte er die anwesenden Frauen und versuchte wie üblich, die für ihn attraktivste herauszufiltern. Es war wie ein Zwang, dem er nicht widerstehen konnte, quälend und nutzlos, denn er versuchte anschließend nie, diese Frauen anzumachen, es reichte ihm das heimliche Wissen und ein Gefühl der Macht über sie.

Marc hatte gerade eine kleine, schlangenartige Blondine in engen Jeans zu seiner Sexqueen auserkoren, die mit ihrem üppigen, unter ihrer Bluse mit Spaghettiträgern wogenden Busen völlig enthemmt sämtliche Jungs antanzte, als sich plötzlich das Gesicht von Manuela in sein Blickfeld schob. "Endlich hab' ich's kapiert... Eva hat Adam nicht mit einem Apfel verführt, sondern mit zwei..." Marc sah rasch zu ihr hinüber, es war ihm peinlich, von ihr so offenkundig als Voyeur ertappt worden zu sein, doch Manuela schien das eher zu amüsieren. "Wenn ich ein Mann wäre, würde ich sie auch so anstarren..." Marc lächelte schwach. "Das ist aber großzügig von dir..." "Ach was... Frauen zeigen es nur nicht so offen, wenn ihnen jemand gefällt..." Marc faßte Manuela genauer ins Auge. Sie hatte ein feingezeichnetes, offenes Gesicht, umrahmt von halblangem, kastanienfarbenem Haar, ihre Augen waren dunkel und wach mit einem Anflug von Melancholie und einer Ahnung von Vergeblichkeit. "Eigentlich wollte ich gar nicht kommen, diese Parties laufen ja doch immer nach dem gleichen Muster ab..." "Ich finde es amüsant, man kann eine Menge über Menschen lernen..." Marc musterte Manuela verstohlen von der Seite. Machte sie sich wieder lustig über ihn? Offenbar nicht, denn sie schenkte ihm ein warmes Lächeln und rückte noch ein bißchen näher an ihn heran. "...aber wenn du willst, können wir auch woanders hingehen..." Marc sah überrascht hoch. "Bist du nicht die Freundin von Chris?" Manuela lachte still in sich hinein. "Wir waren ein paarmal in der Mensa zusammen essen und haben sehr ernsthafte Gespräche geführt... für mich muß schon etwas mehr dabei sein..." Marc sah Manuela prüfend an, und auf einmal wich jegliche Anspannung von ihm. In ihrem Blick, der sanft auf ihm ruhte, mischte sich eine unbestimmte Sehnsucht mit einem Hauch ängstlicher Erwartung. Marc stieß sich von der Wand ab. "Dann laß uns gehen, mich hält hier nichts..."

Zu Hause bei Manuela, in ihrer kleinen Zweizimmerwohnung, zogen sich beide wortlos aus, wie zu einem ernsten Ritual. Ihre Körper fanden sich und verschmolzen wie selbstverständlich ineinander. Manuela war die Lockende, Gewährende, die sich bedingungslos fallen ließ. Marc spürte ihre Hingabe und erwiderte sie, von jeher empfänglich für den machtvollen, verführerischen Zauber der Weiblichkeit.

Marc verbrachte die meiste Zeit bei Manuela, die als Journalistin oft für eine lokale Zeitung unterwegs war. Nur wenn sie zu Hause herumtelefonierte und ihre Artikel schrieb, arbeitete er in seiner Wohnung, wo er sich besser konzentrieren konnte. In kürzester Zeit waren sie wie ein eingespieltes Paar, das sich schon ewig kennt, die Kneipen und das nächtliche Herumtreiben hatten für Marc ihren Reiz verloren. Manuela liebte es zu kochen, aber auch Marc verstand es überraschend, einige Gerichte zuzubereiten, das hatte er während seines Alleinlebens gelernt, und so saßen sie abends beim Essen zusammen, tranken Wein und und vertrauten sich einander an.

Als Marc an einem heiteren Sommertag in seiner Wohnung über einem Drehbuch brütete, das sein erster großer Wurf werden sollte, überkam ihn wie aus dem Nichts ein Gefühl von Panik. Ohne Überlegung hatte er sich auf eine fast symbiotische Zweisamkeit mit Manuela eingelassen und spürte auf einmal eine Beengung, eine Begrenztheit, die er nicht mit diesem tiefen Gefühl für Manuela zusammenzubringen vermochte. Aber empfand er das wirklich für sie, war es nicht viel eher so, daß Manuela ihn mit ihrer Zuneigung derart überwältigte, daß er glaubte, er liebte sie so wie sie ihn? Oder war er so beschädigt, daß er ihre Liebe nicht annehmen konnte, ihr nicht traute, sich nicht als liebenswert erachtete? Oder schlimmer noch, brauchte er die Ablehnung, um eine Frau zu begehren und zu lieben, weil er dann sicher war, daß nichts daraus wurde und er nicht schuld daran war? Jeder andere wäre froh gewesen, mit einer Frau wie Manuela ein Leben aufzubauen, was also war los mit ihm? Das Telefon klingelte, es war Manuela, sie teilte ihm mit, daß ihr Artikel morgen erscheinen würde und daß sie das unbedingt feiern wollte.

Der Abend war wie immer mit Manuela, ihre wärmende Zuversicht umhüllte ihn wie ein Mantel, sie aßen und tranken in einem überfüllten Lokal, und im Bett war es so intensiv wie nie zuvor. Als sie endlich zur Ruhe gekommen waren, schlug Manuela vor, ein paar Tage in die Toskana zu fahren, sie mietete dort immer ein Häuschen, und zum Meer war es auch nicht weit. Marc legte träge eine Hand auf ihre Hüfte und nickte dazu, dann merkte er, daß sie ihn nicht sehen konnte. "Ja, das machen wir..."

Sie waren schon zur Autobahn unterwegs mit Manuelas Auto, als Marc einfiel, daß er unbedingt noch Geld abheben mußte. Vor der Bank, die er erspähte, war kein Parkplatz frei, so fuhr Manuela ein Stück um die Ecke. Marc holte seine EC-Karte heraus und schob sie in den Automaten. Aus den Augenwinkeln sah er ein paar Schritte vom Eingang zur Bank entfernt zwei Frauen, die sich lebhaft unterhielten. Diejenige, die er von vorne sah, hatte lange, schwarze Haare und trug ein schwarzweiß gepunktetes Sommerkleid, das ihre schlanke Figur betonte. Marc hatte schon den rechten Zeigefinger zur Eingabe des Codes erhoben und ließ ihn wieder sinken. Die Frau war jung und lebendig, und ihr Anblick versetzte ihm einen Schlag. Warum gerade sie, und warum gerade jetzt? Ohnmächtig fühlte er, wie sie seine Zweifel wieder schürte, die ihn neulich beschlichen, und eine Sehnsucht weckte, die er selber nicht zu benennen wußte. Warum konnte er mit Manuela nicht einfach das Leben genießen? Mußte er ewig verloren sein in dieser Welt, auf der Suche nach dem ultimativen Kick? Aber gab es das überhaupt, was er sich ersehnte, und falls ja, würde er je erfahren, was es war? Stärker noch als damals, als er es als Junge nicht gewagt hatte, auf dem Jahrmarkt ein Mädchen anzusprechen, um es zu einer Fahrt auf dem Riesenrad einzuladen, empfand er alles um ihn herum als etwas Abgetrenntes von ihm, als verzerrtes Abbild seiner brennenden Träume, und wieder ergriff ihn dieses lähmende Gefühl von Vergeblichkeit. Marc senkte den Kopf, Tränen traten ihm in die Augen, aber er konnte nicht zurück. Rasch schaute er um sich, ob ihn jemand beobachtete, dann hastete er durch die Einkaufspassage auf die andere Seite des Bürogebäudes. Er erblickte ein U-Bahn-Schild und rannte blindlings die Treppen hinunter.

NOVEMBERSCHNEE

1

Das hysterische Aufheulen einer Polizeisirene drang für Sekunden in sein Schlafzimmer, dann herrschte wieder Stille. Sebastian lag zusammengekrümmt auf der Seite und schlug unwillig ein Auge auf. Sein Blick fiel auf den roten, billigen Quartzwecker, der in Armlänge auf einer weißgestrichenen Apfelkiste neben seinem Bett stand. Der dünne, weiße Sekundenzeiger sprang wie in Panik von Strich zu Strich auf der schwarzen Skala, als wären es rettende Inseln inmitten eines reißenden Flusses, und gab dabei ein Geräusch von sich, das überraschend nach einer alten Standuhr klang.

Zehn Minuten nach drei!

Das trübe Novemberlicht kroch lautlos über Häuser und Straßen wie grauer, schmutziger Schnee. Sebastian rollte sich auf den Rücken und zog die Bettdecke bis unters Kinn, obwohl ihn nicht fror. Eine Welle von Übelkeit stieg ihm vom Magen bis in den Hals und ließ ihn leise erschauern. Verdammt, er hatte doch gar nicht soviel getrunken gestern abend, und trotzdem spürte er wieder diese Stiche in der rechten

Schläfe, die er so gut kannte, deutliche Anzeichen einer aufsteigenden Migräne.

Sebastian streckte vorsichtig den rechten Fuß unter der Bettdecke hervor und betrachtete angewidert seine weißlichen Zehen, die sich wie Maden krümmten, wenn er sie bewegte. An den Zigaretten lag's. Warum war er nicht gleich darauf gekommen? Alkohol dehnte die Gefäße, Nikotin krampfte sie zusammen - oder war es umgekehrt? Sebastian runzelte ärgerlich die Stirn. Was spielte das jetzt für eine Rolle? Jedenfalls konnte es so nicht weitergehen, irgendetwas mußte geschehen, die ganz große Sache, und zwar bald. Und wie immer an diesem Punkt seiner Überlegungen angelangt, beschloß Sebastian, ein neues Leben anzufangen. Ja, das war's, ein neues Leben!

Sebastian ließ den Kopf erschöpft ins Kissen zurücksinken und zog seinen Fuß, der sich kalt und schweißig anfühlte, wieder unter die Decke zurück. Das Blut pochte jetzt stärker in seiner rechten Schläfe, und in der Magengegend lauerte noch immer die Übelkeit.

Viertel nach drei!

Es war Samstag, und es lohnte sich kaum noch, den Laden aufzumachen, obwohl viele Kunden erst spät ihren Wein bei ihm kauften, falls sie überhaupt noch den Weg zu ihm fanden. Sebastian wälzte sich auf die Seite, das Gesicht gegen die Wand. Er war jetzt dreiunddreißig und wußte noch immer nicht, was er im Leben wollte. Er hatte viel angefangen und nichts zuende gebracht, und auch der Weinhandel, den er seit kurzem betrieb, stand kurz vor der Pleite. Eine dunkle, lähmende Ahnung von Schicksal beschlich ihn - er war eben ein Verlierer, so, wie andere Sieger waren. Eine Woge von Selbstmitleid zusammen mit einem Gefühl von Verlassenheit überschwemmte ihn mit solcher Heftigkeit, daß Sebastian laut aufstöhnte, doch dann gewann wieder der Trotz die Oberhand und mit ihm die stereotype Parole: Denen werd' ich's allen noch zeigen...

Sebastian lag jetzt ruhig da, und die einzigen Geräusche, die man hörte, waren der erbarmungslose Sekundenzeiger und der ferne, an- und abschwellende Verkehrslärm, das gleichgültige Murmeln der Großstadt.

Sebastian drehte sich langsam um, schälte sich widerwillig aus der Decke, stemmte die Füße auf den Boden, stützte sich mit den Armen ab und stand langsam auf. Das Blut schoß ihm in den Kopf, und der stechende Schmerz in seiner Schläfe verstärkte sich. Verflucht, wollte das denn kein Ende nehmen?

Sebastian schleppte sich vor den bodenlangen Spiegel in seinem Wohnzimmer, betrachtete blinzelnd sein verquollenes Gesicht, die rotgeränderten Augen, die weißliche Haut seines Körpers, die leichte Wölbung seines Bauches und verzog angeekelt das Gesicht. Er sah älter aus, als er war. Dieser verfluchte Alkohol!

Sebastian wankte in die Toilette, setzte sich auf die Kloschüssel und ließ das Wasser aus sich herausströmen. Im Wohnzimmer schaltete er die Videokamera ein, die halbverborgen neben der Musikanlage und allerlei Gerümpel auf einem Stativ stand, stellte sich in Positur und fing vorsichtig mit seiner Gymnastik an. Er lockerte Arme und Beine, legte immer wieder Pausen ein, um sich die rechte Schläfe zu massieren, dann griff er nach dem Expander, der in der Kiste mit den CDs und den Tonbändern lag, und fing an, ihn vor der Brust auseinander zu ziehen. Seine Arme waren schon fast durchgestreckt, als plötzlich die Ladenglocke schrillte.

Sebastian fuhr zusammen, und der Expander riß ihm schmerzhaft den linken Arm nach hinten. Der Kunde draußen schien ein hoffnungsloser Alkoholiker zu sein, er klingelte fast ununterbrochen, hämmerte gleichzeitig gegen die Tür und versuchte erfolglos die Klinke.

Sebastian knurrte gereizt, rieb sich stöhnend das linke Schultergelenk, warf sich seinen Bademantel über und schlurfte nach nebenan in den Laden.

Sebastian konnte nicht erkennen, wer draußen stand, doch die Person hatte aufgehört zu lärmen, als er im Laden erschien.

Sebastian öffnete mißtrauisch die Tür, und ein kleiner, feister Mann drängte ihn zur Seite, schoß an ihm vorbei in den Laden und verschwand wie selbstverständlich in seinem Wohnzimmer.

Sebastian verriegelte die Tür und folgte ihm nach, zu überrascht und noch zu sehr in Gedanken, um sich über den seltsamen Auftritt seines Besuchers zu wundern, der in dem karg und schmucklos eingerichteten Zimmer, das nach starken Zigaretten und saurem, abgestandenem Wein roch, gerade den bequemen Ledersessel leer räumte und sich zufrieden hineinfallen ließ.

Sebastian ging um den Mann herum zum Fenster und lehnte sich mit dem Rücken dagegen. Der Mann war um die sechzig, knapp einsfünfundsechzig groß, kugelrund, mit einem großen, fast kahlen Schädel und den behenden Bewegungen, wie sie nur wirklich fetten Menschen eigen sind. Seine kleinen, ins Gelbliche spielenden Augen sprühten vor guter Laune und suchten flink wie Eichhörnchen das Zimmer ab. Sebastian klappte den Mund auf, um eine Erklärung zu verlangen, doch der kleine Mann kam ihm zuvor. "Nennen Sie mich Charly, alle nennen mich so... ich habe einen Auftrag für Sie."

Sebastian lachte lautlos in sich hinein, trocken und unfroh. "Sie müssen verrückt sein, Charly. Wenn Sie Wein von mir wollen, brauchen Sie sich doch nicht so anzustellen..." Charly lächelte freundlich in Sebastians Richtung und holte einen Gegenstand aus seiner Manteltasche, der in Zeitungspapier eingewickelt war, entfernte die Verpackung und stellte eine kleine, chinesische Porzellanfigur auf den schmutzigen Tisch, der von hastigen, freudlosen Mahlzeiten zeugte.

Sebastian löste sich neugierig vom Fenster, blieb vor dem Tisch stehen und beugte sich über die kleine, zierliche Figur, sodaß Charly unwillkürlich eine Handbewegung machte, als wollte er sie vor ihm schützen. Es war eine schöne, anmutige Chinesin in kostbaren Gewändern, die demutvoll oder kokett zu Boden blickte. "Das Original dieser Figur ist mindestens hunderttausend wert," sagte Charly leise, "und manche Sammler würden dafür ohne mit der Wimper zu zucken das Dreifache hinblättern... oder einen Mord begehen..."

Sebastian richtete sich langsam auf. Er wußte genau, daß er jetzt sagen mußte: "Es war nett, Sie kennenzulernen, Charly, aber packen Sie ihre Puppe wieder ein und verschwinden Sie, denn das Geschäft, das Sie mir gleich vorschlagen werden, ist ohne Zweifel schmutzig und wird mir nichts als Ärger einbringen..." Stattdessen sagte er: "Und was hat das mit mir zu tun?"

Charly griff behutsam nach der Puppe, legte sie in seine linke Hand, fuhr ihr mit den Fingern seiner Rechten lüstern über das hochgesteckte Haar und den knapp verhüllten Busen und schien Sebastian völlig vergessen zu haben. "Es ist eine lange Geschichte, und ich werde mich aufs Wesentliche beschränken... diese Figur will ich schon seit zehn Jahren haben... aber jedesmal, wenn sie auf einer Auktion auftaucht, erfahre ich entweder zu spät davon, bin verhindert oder werde überboten - es gelang mir jedenfalls nie, sie käuflich zu erwerben...". Sebastian runzelte die Stirn, als wollte er etwas sagen, doch Charly fuhr hastig fort. "Sie haben es erraten, ich habe vor, sie zu stehlen... einem Mann, einem Sammler, der ebenso leidenschaftlich hinter ihr her war wie ich..."

Charly legte die Figur seufzend hin, griff wieder in die Manteltasche und zog ein Stück steifes Papier hervor, das er rasch entfaltete. "Hier, das ist das Haus des Mannes, dem die Figur gehört..." Sebastian hatte sich wieder dem Tisch genähert, sah hinunter auf Charlys große, rote, fleischige Ohren, die einen seltsamen Kontrast zu dessen gelblicher, trockener Kopfhaut bildeten, und auf den Plan, auf dem Grund- und Aufriß des Hauses aufgezeichnet waren.

Warum hörte er diesem Irren überhaupt zu? Warum auch nicht? Irgendwie war es sogar angenehm, dieser weichen, öligen Märchenstimme zu lauschen, einschmeichelnd und triefend vor lauter Lügen.

Charly deutete auf einen bestimmten Punkt auf dem Plan, der mit einem roten Kreuz markiert war. "Das Haus ist noch kaum richtig bewohnt... das hier im ersten Stock ist sein Schlafzimmer, und an dieser Stelle hinter dem Bild an der Wand ist ein kleiner Safe eingelassen..." Er warf einen kurzen, tückischen Blick auf Sebastian, um zu sehen, wie er das alles aufnahm, und fuhr leise fort: "Ich kenne die Kombination..."

Langsam erwachte Sebastian aus seiner Trance und starrte in Charly's gelbe, fleckige Augen - noch war es Zeit, ihn einfach rauszuschmeißen und die ganze Sache zu vergessen. Sebastian preßte den Mittelfinger gegen die rechte Schläfe, sodaß die Stiche einen Augenblick nachließen, und sagte: "Und ich soll für Sie dieses Püppchen in den Safe zaubern und das Original mitgehen lassen, ist das richtig?"

Charly lächelte wie eine Schlange, die ihr Opfer bereits mit ihrem Gift betäubt hat und darauf wartet, es in aller Ruhe zu verschlingen. "Erraten..." Charly und Sebastian starrten sich an, als wollten sie sich gegenseitig hypnotisieren. "Und was springt für mich dabei heraus?" "Zehntausend" stieß Charly rasch hervor.

Zehntausend! Sebastian lächelte grimmig in sich hinein. Hätte Charly tausend gesagt oder zweitausend, dann hätte er ihn mit einer verächtlichen Geste aus der Wohnung gescheucht, aber so... Laut sagte er: "Und warum tauschen Sie die Figuren nicht selber aus?"

Charly bewegte sich hilflos in seinem Sessel und setzte ein entwaffnendes Lächeln auf. "Ich bin zu alt und zu fett, um über Zäune zu klettern und in Häuser einzubrechen", sagte er, und dann, mit einer gewissen Schärfe: "Außerdem könnten Sie das Geld gut gebrauchen, Sie haben sich für dreißigtausend eine

Ladung Wein andrehen lassen, die zu lange in der Sonne stand..."

Sebastian, eben noch im Gefühl, obenauf zu sein, wandte sich ab und rieb sich wieder die Schläfe. Soweit war es also schon mit ihm gekommen, daß irgend so ein hergelaufener Gauner auf diese Tour mit ihm reden konnte. Woher wußte der Kerl überhaupt von seinem Mißgeschick? Sebastian ging zur Tür, die in den Laden führte, riß sie weit auf und sah Charly scharf an. "Packen Sie Ihre Sachen zusammen und verschwinden Sie!"

Charly war davon nicht im mindesten beeindruckt. Er griff zum dritten Mal in seine Manteltasche, holte einen Briefumschlag hervor, legte ihn auf den Tisch, packte die Porzellanfigur wieder ein und ließ den Plan von der Villa aufgefaltet zurück, dann streckte er die Hand nach einem Glas aus, in dem noch ein Rest Wein vom Vorabend war, schnupperte daran, schüttelte mißbilligend den Kopf und sagte freundlich: "Ich fürchte, Sie werden es doch tun müssen..." und an der Ladentür: "Heute abend um Mitternacht muß die Sache gelaufen sein... rufen Sie mich an..." Und dann hatte ihn draußen schon die Dämmerung verschluckt.

Sebastian verschloß die Tür, ging ins Wohnzimmer zurück, setzte sich an den Tisch, schob den Briefumschlag finster hin und her, hob ihn schließlich auf und öffnete ihn. Als erstes fielen ihm fünf Tausender in die Hand, dann ein kleiner Zettel mit einer Telefonnummer. Ungläubig starrte er auf die Geldscheine und den Zettel und achtete nicht auf das leise Knacken der Video-Kassette, die am Ende angelangt war.

Als Sebastian vor der Kneipe anlangte, war es kurz vor neun. Bis auf die Straße konnte man die halblaute, erregte Unterhaltung der Gäste hören, die satt und behaglich in der Wärme saßen.

Sebastian stieß die Tür auf und trat ein. Er fühlte sich augenblicklich deprimiert beim Anblick der vielen Menschen, die dichtgedrängt an kleinen Tischen hockten, tranken, lachten, schwatzten. Ohne sich umzublicken, mit steinernem Gesicht, steuerte er auf die Theke zu, faßte Tina, die gerade ihr Tablett mit leeren Gläsern absetzte, am Arm und fragte nach Helmut. Tina war ein blondes, lebhaftes, hübsches Mädchen, das schon lange in diesem Lokal bediente und auch in der größten Hektik nie die Nerven verlor. Sebastian hatte sich schon oft überlegt, ob er sie nicht anbaggern sollte, doch eine seltsame Scheu hielt ihn davon ab, sie wirkte so frisch und lebendig, so daß er sich neben ihr wie vertrocknet vorkam.

Tina wedelte mit einer Hand vor Sebastians Augen. "Hallo! Jemand da? Er ist oben in seiner Wohnung..." Sebastian schreckte aus seinen Träumereien hoch und lächelte Tina hinterher, die bereits wieder mit einem vollen Tablett unterwegs war.

Hinter der Theke verschwand Sebastian durch eine Tür, die ins Treppenhaus und zum ersten Stock hinaufführte. Vor einer Tür ohne Namensschild blieb er stehen, klopfte kurz an und trat ein, ohne auf eine Reaktion zu warten.

Im Flur brannte kein Licht. Von irgendwoher hörte man Stimmen, Musikfetzen, das aufgeregte Geplapper aus einer Fernsehshow. Sebastian tastete sich vorwärts und stieß eine Tür auf, aus der durch einen schmalen Spalt Licht auf den Flur fiel.

Das Licht und der Fernsehton kamen aus dem Bad. In die Badewanne war Wasser eingelassen, oben an der Wand dröhnte ein Fernseher. Ein riesiger Schaumberg knisterte wie ein ersterbendes Feuer, aber niemand war zu sehen. Plötzlich schoß der Kopf eines Mädchens aus dem Wasser, prustete, wischte sich den Schaum aus den Augen, sagte "hallo!" und tauchte wieder unter.

Sebastian schüttelte den Kopf, zog die Tür zu und tastete sich weiter durch den Flur. Hinter der übernächsten Tür hörte er Helmuts aufgeregtes Gackern und die brummige Stimme eines Typen, den er nicht kannte, dazu Geräusche wie von einem Computerspiel. Er öffnete die Tür und trat ein.

Helmut und irgend so ein langhaariger Typ mit engstehenden Augen standen an einem alten Flipper, vollkommen in ihr Spiel vertieft. Keiner der beiden schaute auf, als Sebastian die Tür hörbar hinter sich schloß. Sebastian blieb mit dem Rücken gegen die

Tür gelehnt stehen und sagte vernehmlich: "Du schuldest mir noch achthundert von der letzten Lieferung!"

Helmut und dieser andere Typ schauten sich kurz an, dann gab Helmut wieder dieses hühnerhafte Gackern von sich. "Wenn ich mich recht erinnere, hatte ich Rotwein bei dir bestellt, und du lieferst mir Essig. Dein Wein ist gekippt, Freundchen, weil er so schön naturvergoren ist..." Jetzt lachte auch der andere Typ, es klang wie das Gegecker einer Elster.

Sebastian trat einen Schritt auf die beiden zu. "Lüg doch nicht, ich hab' selbst gesehen, wie ihr noch von meinem Wein ausschenkt!" Helmut wandte sich Sebastian zu, starrte ihn aus kalten Augen an und hielt ihm einen riesigen Schlüssel entgegen. "Hör zu, Bastos, warum gehst du nicht in den Keller und holst dir dein Weinfaß wieder ab? Von mir kriegst du keinen müden Cent!"

Bastos, so nannten sie ihn, wenn sie sich über ihn lustig machten, nach den starken Zigaretten, die er immer rauchte. Sebastian atmete hörbar ein, dann versetzte er dem Flipper einen gewaltigen Tritt und verließ eilig die Wohnung. Ein schrilles, mißtönendes Bimmeln war zu hören, dann das Signal für TILT!

Helmut riß die Tür zum Flur auf. "Du blöde Sau, du blöde, mit dir bin ich fertig!"

Sebastian, in seinen Bademantel gehüllt, saß in seiner fleckigen Sitzecke, hatte Charlys Zettel in der Hand und stierte unentschlossen auf das Telefon, dann hob er unvermittelt ab und wählte. Charlys muntere Stimme. "Hallo?" Sebastian ließ das Telefon sinken, überlegte, hob es zaudernd wieder ans Ohr. "Charly?" "Charly, ja, natürlich..." "Ich weiß nicht, wo der Kerl wohnt..." Ein zufriedenes, asthmatisches Lachen kam durch die Leitung. "Um zehn hol' ich Sie ab..."

Kurz nach halb elf ging Sebastian wieder in den dunklen Laden und spähte unruhig auf die Straße hinaus. Es war schon eine halbe Stunde über die vereinbarte Zeit, und Charly war noch immer nicht da. War das vielleicht alles nur ein Scherz, ein letzter, gewaltiger, um ihn endgültig und für alle Zeiten der Lächerlichkeit preiszugeben? Es hätte ihn nicht überrascht, wenn plötzlich alle Leute, die er kannte, auf ein geheimes Zeichen um die Ecke gebogen wären um ihn in seinem finsteren Laden höhnisch zu verlachen.

Als der große dunkle Wagen direkt vor dem Laden auf den Gehweg fuhr, war Sebastian schon draußen und an der Beifahrertür, bevor die schwere Limousine noch richtig zum Stehen kam. "Na, dann mal los," sagte Charly heiter, ohne auf seine Verspätung einzugehen, doch hinter seinem Lächeln, das die Augen kaum erreichte, war ein neuer, ein angespannter Ausdruck.

Die Villa, vor der sie hielten, war eines dieser herrschaftlichen Häuser der Jahrhundertwende. Sie stand inmitten eines großen, verwilderten, parkähnlichen Grundstücks, war von einer hohen, stacheldrahtbewehrten Mauer umschlossen und machte einen unbewohnten, heruntergekommenen Eindruck. Sebastian kannte sich nicht so gut aus in dieser Gegend, aber er hatte sich wenigstens den Straßennamen gemerkt.

Charly schaltete Licht und Motor aus. Sein Mund lächelte, doch seine Augen blickten kalt und lauernd. "Sie wissen, was zu tun ist, Sie haben bis Mitternacht Zeit", flüsterte er, und holte die Porzellanfigur aus der Manteltasche, die in einem kostbaren Lederetui steckte. Sebastian sah Charly fragend an. "Ach ja, die Kombination!" Charly überreichte Sebastian einen Zettel. "Wann bekomme ich das restliche Geld?" "Sobald ich die Figur in der Hand habe... ich warte hier auf Sie". Charly grinste Sebastian heimtückisch an. "Vertrauen gegen Vertrauen...". Sebastian steckte den Zettel ein und öffnete die Beifahrertür. "Was für ein Zufall, das ist auch *mein* Wahlspruch..."

Sebastian ging ein paar Schritte auf das Anwesen zu. Es war wohl besser, er kletterte von hinten über die Mauer, auch wenn im Augenblick weit und breit kein Mensch zu sehen war. Mit Hilfe einer Taschenlampe suchte er eine Stelle, wo der Stacheldraht gerissen oder vom Rost schon so zerfressen war, daß man ihn leicht brechen konnte. Er mußte zweimal Anlauf nehmen, bis er sich an einem der Eisenträger festhalten und hochziehen konnte, und fiel auf der anderen Seite in hohes, struppiges Gras, das seinen Fall angenehm dämpfte.

Nichts war zu hören, nirgendwo in der Villa brannte Licht. Sebastian lief geduckt auf die Seitenfront zu, schlich hinter das Haus und probierte alle Türen und Fenster, die er erreichen konnte, doch alle waren verschlossen. Sebastian holte sein Taschenmesser hervor, kratzte von einem Kellerfenster den bröckligen Kitt ab, entfernte die Glasscheibe und stieg ein.

Sebastian befand sich in der Waschküche, die altertümlich eingerichtet war und vollgestellt mit Gerümpel. Lautlos schlich er die Kellertreppe hoch und öffnete angespannt die Tür, die laut Plan zum Flur führen mußte. Zentimeter um Zentimeter zog er sie auf, schlüpfte geräuschlos hindurch und blieb mit angehaltenem Atem stehen. Kein Licht flammte plötzlich auf, niemand stürzte sich mit Gebrüll auf ihn. Sebastian machte ohne Schwierigkeiten die Treppe zum ersten Stock aus und stieg sie ganz innen an der Wand hoch, um jedes Knarren zu vermeiden. Bis jetzt war alles gutgegangen, doch wer konnte wissen, was Charly wirklich mit ihm vorhatte? Vielleicht s o l l t e er ja jemand in die Arme laufen, vielleicht war das der eigentliche Plan!

Sebastian blieb oben an der Treppe kurz stehen und fand das Schlafzimmer auf Anhieb. Das war der entscheidende Augenblick - was erwartete ihn hinter dieser Tür? In Sebastians Kopf jagten sich die Gedanken, noch konnte er das Haus verlassen und einfach verschwinden, dann hatte er fünf Tausender verdient und keinen Ärger. Aber wäre das nicht ein allzu jämmerlicher Abgang?

Sebastian atmete tief ein und griff mit beiden Händen nach der Klinke. Sie gab leicht nach, aber die Feder knarzte erbärmlich. Sebastian geriet in Panik und stieß die Tür mit einem Ruck weit auf.

Das Zimmer war leer, niemand sprang ihn an.

Sebastian atmete erleichtert aus und sah sich im dünnen Strahl seiner Taschenlampe rasch um. Die Einrichtung war nicht nur altmodisch, sondern auch schäbig und wirkte unbenützt, als habe jemand in dem Haus gewohnt, der es sich eigentlich nicht leisten konnte und deshalb verkaufen mußte.

Am Fußende des Bettes hing das Bild, von dem Charly gesprochen hatte, eine düstere, kitschige Jagdszene. Sebastian hob es vom Haken und legte es aufs Bett. Dahinter kam tatsächlich der Griff eines Safes mit Zahlenrad zum Vorschein. Sebastian tastete nach dem Zettel mit der Kombination und hielt ihn unter die Taschenlampe. Aufmerksam studierte er die Zahlenreihen und die Anweisungen, in welche Richtung das Zahlenrad jeweils zu bewegen war, und in der tiefen Stille, die im ganzen Haus herrschte, war ihm plötzlich, als hörte er das leise Ticken einer Uhr, obwohl nirgends eine zu sehen war. Er hielt seine Armbanduhr ans Ohr und lächelte - sie war es wohl, die er gehört hatte.

Sebastian richtete den Strahl seiner Taschenlampe auf den Safe und begann an dem Rad zu drehen, und mit der letzten Zahl sprang der Safe fast von allein auf.

Im Tresor befand sich ein Stapel Papiere und die Puppe. Sebastian nahm sie vorsichtig in die Hand, ließ sie in das Lederetui gleiten und legte die Kopie in das unterste Fach. Wieder glaubte er das schwache Ticken einer Uhr zu hören. Instinktiv sah er auf seine Uhr und dachte an Charlys Mahnung, um Mitternacht müsse alles erledigt sein. Eine Minute vor zwölf!

Sebastian verschloß den Safe, drückte die Puppe eng gegen seinen Körper, schlich vorsichtig zur Schlafzimmertür, blickte zurück und blieb lauschend stehen.

Mit einem dumpfen, grollenden Knall flog die Safetür wieder auf und wurde von dem Explosionsdruck bis in die Mitte des Zimmers geschleudert, Papiere flogen brennend und zerfetzt durch die Luft. Sebastian wurde zu Boden geworfen und blieb eine Weile benommen liegen. Instinktiv tastete er das Lederetui ab, doch die Puppe schien heilgeblieben zu sein. Als nur noch das sanfte Rascheln des herniederschwebenden Aschenregens und das scharfe Knistern von den im Safe verkohlenden Papieren zu hören war, stand er langsam auf und schlich sich mit tränenden Augen zur Treppe, um dem Qualm und dem beißenden Gestank des Sprengstoffs zu entkommen. Hustend polterte er die Treppe zum Erdgeschoß hinunter, um auf dem gleichen Weg zu verschwinden, den er gekommen war.

Doch plötzlich wurde die Wohnzimmertür aufgerissen, und im Schein von Sebastians Taschenlampe tauchte ein bleiches, ovales Gesicht mit weitaufgerissenen Augen vor ihm auf, das sofort wieder verschwand. Sebastian zögerte nur kurz, dann legte er die Puppe auf den Boden und stürzte sich auf die Tür, bevor sie wieder ins Schloß fiel, und mußte seine ganze Kraft aufbieten, um sie ein Stück weit aufzustemmen. Doch ganz unvermittelt ließ der Widerstand nach, und Sebastian taumelte in den großen, dunklen Wohnraum, haschte, bevor er fiel, nach dem flüchtigen Schatten, der hinter der Tür hervorschoß, griff in weiches Fleisch unter dünnem Stoff und stürzte mit seiner Beute auf hartes Parkett.

Sebastian leuchtete mit seiner Taschenlampe in das Gesicht einer feinknochigen, jungen, dunkelhaarigen Frau, deren große, dunkle Augen vor Angst, Überraschung und Wut glühten und deren volle Lippen sich verzerrten von der Anstrengung, sich aus

Sebastians Griff zu winden. "Herrgott, ich tu' Ihnen doch nichts, ich will auch nur raus hier, und zwar möglichst schnell!" Sebastian nahm die Puppe wieder an sich, stand rasch auf, immer den Strahl seiner Taschenlampe auf die Frau gerichtet, streckte ihr eine Hand entgegen, zog sie hoch, führte sie hinter sich her durch den Keller ins Freie und zu der Stelle der Mauer, wo der Stacheldraht fehlte. Erst jetzt riß die Frau demonstrativ ihre Hand wieder von ihm los.

Als sie beide jenseits der Mauer am Boden kauerten, hörten sie in der Ferne das hysterische Jaulen eines näher kommenden Streifenwagens.

Von Charly und seiner Limousine keine Spur.

Sebastian lachte still in sich hinein, während die Frau sich erhob und wortlos auf ein kleines Auto zu ging, das in der Nähe parkte. Sebastian sah im trüben Schein einer Bogenlampe, daß die Frau ein dunkles, tiefausgeschnittenes Kleid trug. Sie hatte eine schmale Taille und schlanke Fesseln und schlüpfte im Gehen mit jener aufreizenden Beiläufigkeit und Geschmeidigkeit in ihre hochhackigen Schuhe, über die manche Frauen verfügen, wenn sie sich von Männern beobachtet fühlten.

Sebastian eilte ihr nach und stieg auf der Beifahrerseite ein. Er warf einen raschen Blick zurück auf die Villa und bildete sich ein, aus einem der Fenster im ersten Stock dünnen, hellen Rauch herausquellen zu sehen, doch es konnten ebenso gut Nebelfetzen sein. Er sah die Frau neugierig an und wartete darauf, daß sie den Motor startete. "Jedes Auto, das jetzt aus dieser Richtung kommt, ist verdächtig... und wir haben doch keine Eile, oder?" Sie sah Sebastian voll an und lächelte leise, ihr ovales Gesicht und der Ausschnitt ihres Kleides schimmerten milchig in der Dunkelheit. Sebastian nahm schwach den Geruch eines schweren Parfüms wahr und noch etwas anderes, kaum wahrnehmbar und doch deutlich zu unterscheiden, eine scharfe, animalische Ausdünstung, den frischen Schweiß dieser Frau. Sein Herz krampfte sich zusammen und schlug dann wie wild, wie manchmal in den ersten Frühlingstagen, wenn er völlig unerwartet die mächtigen Verlockungen des Lebens spürte und zugleich eine Sehnsucht, die er nicht benennen konnte.

Sebastian starrte in die Augen der Frau, die ganz im Schatten lagen. Welche Farbe mochten sie haben? Sie lächelte immer noch, rätselhaft, herausfordernd, oder bildete er sich das nur ein? Am liebsten hätte er mit beiden Händen nach ihr gegriffen, ihre warme Haut gespürt, ihre kleinen Brüste umfaßt und sie leidenschaftlich auf den Mund geküßt, doch stattdessen zündete er sich eine seiner starken Zigaretten an, ohne ihr eine anzubieten.

"Ist Sprengstoff nur so ein Hobby von Ihnen, oder machen Sie das professionell?" Die Frau hatte sich in ihrem Sitz weit zurückgelehnt, als ob sie seine Gedanken ahnte. Sebastian blies Rauch gegen die Scheibe, schaute zu, wie er sich brach und nach allen Seiten waberte, und ein Gefühl der Mutlosigkeit beschlich ihn. "Ich übe noch - eigentlich wollte ich das ganze Haus in die Luft jagen..."

Hinter ihnen heulte plötzlich eine Polizeisirene auf, dann brauste ein Streifenwagen aufgeblendet und mit Blaulicht an ihnen vorbei. Sebastian und die Frau hatten sich unwillkürlich geduckt und richteten sich jetzt langsam wieder auf. "Dafür, daß Sie mir eben meine Zukunft ruiniert haben, könnten Sie mir ruhig sagen, was Sie in dem Haus wollten... " "Was ist das für eine Zukunft, die man mit Sprengstoff auslöschen kann?" "Mein Verlobter wird denken, ich habe mit der Sache zu tun..." Sebastians Stimmung hob sich ein wenig. Eigentlich hatte er ja noch Glück gehabt, wie leicht hätte ihn die Bombe in Stücke reißen können! Er schob seine Hand in die Innentasche seiner Lederjacke und tastete nach der Porzellanfigur. Sie fühlte sich kühl und real an, und sie war heil. Er zog sie aus dem Etui.

Die Frau zog scharf die Luft ein, entspannte sich aber gleich wieder. "Was ist das?" Sebastian zögerte mit der Antwort, aber warum sollte er nicht die Wahrheit sagen? "Für irgend so einen Spinner sollte ich diese Figur aus dem Safe stehlen und an ihrer Stelle eine Kopie deponieren... von einer Bombe hatte er nichts gesagt...".

Die Frau starrte lange zu Sebastian hinüber und schüttelte den Kopf. "Wenn das stimmt, was Sie mir da erzählen, sind Sie ein noch viel größerer Narr, als ich dachte..." "Ach, und wieso? Es geht um einen Haufen Geld, und einen Teil davon werd' ich mir schnappen...". Die Frau streifte Sebastian mit einem ungläubigen Blick, ließ ein mitleidiges Lachen hören und startete entschlossen den Motor. "Ich fahre Sie jetzt nach Hause..."

Es gab zwei harte Erschütterungen, als der kleine Wagen erst vorne und dann hinten halb auf den Gehsteig fuhr und mit einem scharfen Ruck vor Sebastians Laden hielt.

Die Frau kuppelte aus, ließ den Motor laufen und schaute Sebastian fragend an.

Auf der ganzen Fahrt hierher hatten sie kein Wort gesprochen. Sebastian hatte die Frau nur immer wieder verstohlen von der Seite angeschaut und sich nach und nach in eine unwirkliche Euphorie hineingesteigert, indem er ihr kleines Abenteuer in eine geheimnisvolle Mission umwandelte, die sie eben gemeinsam und erfolgreich beendet hatten. Ihre dunkle Schönheit, durch das nächtliche Schattenlicht qualvoll gesteigert, und ihre körperliche Nähe schnürten Sebastian die Kehle zu. Wieder verspürte er den starken Impuls, sie an sich zu reißen, doch die Angst, sich lächerlich zu machen, hielt ihn zurück.

Die Frau schaltete den Motor aus, und die plötzliche Stille scheuchte Sebastian aus seinen Träumereien hoch. Er spürte ihren Blick auf sich, etwas kühl und abtastend, aber nicht feindlich, und er überlegte fieberhaft, wie er sie festhalten konnte. Da durchzuckte ihn wie ein Blitz der rettende Gedanke: Sein Videorecorder! Das ganze Gespräch mit Charly mußte aufgezeichnet sein!

Sebastian wandte sich zu der Frau um und sagte mit einer Stimme, die vor unterdrückter Erregung dünn und tonlos klang: "Der Mann! Der Mann, der mir den Auftrag gab - ich habe unser Gespräch auf Video!"

Die Frau schüttelte die Haare aus dem Gesicht und saß eine Weile da, als hätte sie gar nicht zugehört, dann zog sie den Zündschlüssel ab und musterte Sebastian mit einem Blick, in dem so etwas wie widerwillige Neugier aufflackerte. "Also gut, worauf warten wir noch?"

Die Frau saß angespannt in dem Sessel, in dem vor etwas mehr als sechs Stunden Charly gesessen hatte, und drehte gedankenlos ein Weinglas zwischen den Händen, ohne daraus zu trinken.

Sebastian fingerte an seiner Videoanlage herum und beobachtete sie aus den Augenwinkeln. Es entging ihm nicht, daß sie es sorgfältig vermied, die Einrichtung seiner Wohnung zu betrachten, und die

Genugtuung darüber, daß es ihm gelungen war, sie in seinen Laden zu locken, wich allmählich dem bedrückenden Gefühl, dadurch mehr verloren als gewonnen zu haben.

Sebastian spürte den forschenden Blick der Frau in seinem Rücken und wandte sich rasch nach ihr um. Ihre Haut schimmerte, als spiegelte sie eine tief verborgene Glut, ihre Augen waren dunkelblau, das konnte er jetzt deutlich sehen, und sie waren spöttisch auf ihn gerichtet, als wollten sie sagen: "Na, Bastos, hast du's bald, oder ist das nur wieder ein billiger Trick von dir?"

Sebastian wandte sich hastig ab, das Blut schoß ihm ins Gesicht. Herrgott nochmal, was war nur los mit ihm? Hatte er noch nie eine schöne Frau von nahem gesehen? Er drückte auf den Startknopf des Videorecorders und richtete sich auf.

Die ersten Bilder waren Großaufnahmen eines Tip-Kick-Spiels, und er spulte hastig weiter, zu der Stelle, wo man ihn in der Totalen den Expander ziehen sah, der ihm plötzlich den Arm nach hinten riß. Sebastian warf einen schnellen Blick auf die Frau, doch auf ihrem Gesicht war kein besonderer Ausdruck, sie wartete ab. Auf dem Bildschirm war eine Weile nur das leere Wohnzimmer zu sehen, dann schoß plötzlich Charly herein, räumte den Sessel ab und setzte sich hin, bevor Sebastian ins Bild kam. Charly zeigte zuerst nur sein Viertelprofil, doch als Sebastian aus dem Bild ging und sich neben die Kamera stellte, was nachträglich wie eine gewollte Inszenierung wirkte, mußte Charly sein Gesicht fast frontal dem Betrachter zuwenden, wenn er Sebastian anschauen wollte.

Sebastian grinste zufrieden, doch die Frau beachtete ihn nicht. Sie saß vorgebeugt im Sessel, den rechten Fuß unter ihrem linken Oberschenkel, und ihre ganze Aufmerksamkeit galt dem fetten Charly, der auf seine fröhliche, verschlagene Weise dabei war, Sebastian ein zweites Mal einzuwickeln.

Sebastian ließ sich in seiner Sitzecke nieder und nahm einen tiefen Zug aus seinem Glas. Seit Wochen schon hing er herum, trank zuviel, badete endlos in diesem lustvoll quälenden Gefühl, ein Versager zu sein, oder gab sich Allmachtphantasien und süßen Tagträumen hin. Und jetzt hatte er diesen idiotischen Auftrag angenommen, ohne zu wissen, worauf er sich einließ, saß in seiner armseligen Behausung dieser schönen, kühlen Frau gegenüber und sah ohnmächtig zu, wie sie ihm entglitt. Er hatte der Frau das Band zeigen wollen, um sie noch ein wenig um sich zu haben und in der vagen Hoffnung, daß sie sich ihm ebenfalls anvertraute. Und nun hockte sie da, streichelte mit dem Kinn ihr linkes Knie und starrte noch immer auf den Bildschirm, obwohl sich Charly längst verabschiedet hatte.

Sebastian schaltete den Fernseher aus, zündete sich eine Zigarette an und blinzelte durch den Rauch hindurch zu der Frau hinüber. Die ganze eingebildete

Stärke, das Gefühl, daß endlich wieder etwas in Gang gekommen war, all das, was er während der Fahrt hierher noch so stark empfunden hatte, war wie weggeblasen, und der verzweifelte Wunsch, zu dieser Frau vorzudringen, verursachte in ihm einen Schmerz, der ihn beinahe aufstöhnen ließ, stattdessen sagte er: "Kennen Sie diesen Mann?"

Die Frau ließ ihre Füße auf den Boden gleiten und stand auf. Sie richtete einen Blick auf Sebastian, der völlig ausdruckslos und mehr nach innen gerichtet war. "Schon möglich..." Rasch öffnete sie die Verbindungstür zum Laden und glitt hinaus. "Sehen wir uns wieder?" Die Frau hielt kurz inne und sah Sebastian erstaunt an: "Warum? Weil Sie mir so schön alles vermasselt haben?"

Sebastian schloß die Ladentür und fühlte sich auf einmal so schwach und haltlos, als hätten sich seine sämtliche Knochen in Gallerte verwandelt. Er taumelte in sein Schlafzimmer, warf sich bäuchlings auf sein Bett, brach in heftiges Schluchzen aus und blieb so liegen, bis er eingeschlafen war.

Im Wohnzimmer, wo der Recorder stand, war das Band eben durchgelaufen und lief sirrend auf Anfang zurück.

Es war fast Mittag, als Sebastian den mit fernöstlichen Antiquitäten vollgestopften Laden betrat. Er versuchte sich den Anschein eines Kenners zu geben, der mit scheinbar gleichgültiger Miene die ausgestellten Kunstgegenstände abschätzt, doch in Wirklichkeit irrten seine Augen nur ziellos umher, ohne wirklich etwas wahrzunehmen, und als sie schließlich auf dem Gesicht des kleinen, verschrumpelten Greises landeten, der unbeweglich hinter der Theke stand und seine Bemühungen mit spöttischem Lächeln verfolgte, zuckte Sebastian zurück, als habe man ihn geohrfeigt. Verdammt, jedes Kind konnte ihn zur Schnecke machen!

Sebastian murmelte undeutlich einen Gruß, der von dem Greis nicht erwidert wurde, legte das Lederetui auf den Ladentisch, holte vorsichtig die Porzellanfigur heraus und schob sie dem kleinen Mann mit dem knochigen Schädel hin. "Die habe ich von einem Onkel geerbt..."

Der Alte schob sich eine Spezialbrille mit Vergrößerungsgläsern auf die Nase, den Blick gierig auf die Figur gerichtet, hob kurz den Kopf und starrte Sebastian aus riesigen Eulenaugen an. Sebastian verstummte und beobachtete fasziniert den kleinen, dürren Mann, der langsam, wie beschwörend, die Arme ausstreckte und behutsam seine langen, sehnigen Finger um die Figur spannte, als sei sie ihm vor langer Zeit abhanden gekommen und jetzt endlich wieder zu ihm zurückgekehrt. Es hatte etwas Schamloses und Obszönes, wie er die kleine Chinesin anstarrte, sie in seinen großen, harten Händen drehte und wendete und mit einem unergründlichen Lächeln befingerte, ganz so, als sei sie lebendig. Doch schlagartig schien der verborgene Quell seiner Begehrlichkeit zu versiegen, ein leises Zittern lief durch seinen Körper wie von plötzlichem Ekel, er schob die Figur achtlos zu Sebastian hinüber, nahm die Brille von der Nase, stopfte sie in die Brusttasche seines zerschlissenen Kittels und starrte Sebastian mit Augen, die jetzt wieder winzig und lidlos waren, wütend an. "Ramsch!", zischte er, "billige, wertlose Massenware... Ihr Onkel hat sich einen Scherz mit Ihnen erlaubt... oder Sie sich mit mir...!" Leise, drohend kam das, aus ledrigen, böse aufeinandergepreßten Lippen, und in seinen Augen blitzte so etwas wie Mordlust auf.

Als Sebastian an der Tür war und sich nochmals kurz zu dem Alten umdrehte, stand er wieder krumm und reglos da, mit dem gleichmütigen Ausdruck eines ausgestopften Vogels.

Zehntausend hatte Charly ihm versprochen, und bei fünf war es geblieben, Charly hatte ihn gründlich reingelegt! Aber was sollte die Bombe in dem Safe? Offensichtlich war die chinesische Puppe nur ein Vorwand gewesen, um Papiere zu vernichten, die sich darin befanden - doch welche Bedeutung hatten sie, und für wen?

Sebastian stand in der ersten Abenddämmerung ratlos und fröstelnd vor dem vergitterten Parktor der Villa. Das Namensschild war abgeschraubt, und er

drückte nun schon zum dritten Mal auf den Klingel-
knopf, ohne daß sich etwas rührte. Die Glocke
schrillte grell und mißtönend durch das ganze Haus
und paßte nicht zum herrschaftlichen Ambiente.
Sollte er es wagen, nochmals in das Haus einzudringen? Wenn er den Eigentümer der Villa ausfindig machte, konnte er vielleicht einen Deal mit ihm
abschließen - er lieferte ihm Charly ans Messer und
kassierte dafür einen Haufen Geld, vielleicht mehr,
als Charly ihm geboten hatte.

Sebastian wandte sich rasch um, ob ihn jemand
beobachtete, dann stieg er auf demselben Weg wie
gestern in die Villa ein.

Im Haus herrschte eine Stille, als wäre hier nie
eine Bombe explodiert. Hatte denn niemand die
Polizei gerufen? Nichts deutete darauf hin, daß hier
nach Spuren des Anschlags gesucht wurde, und das
bedeutete dann wohl, daß derjenige, dem er galt, etwas zu verbergen hatte. Sebastian durchsuchte mit
erhöhtem Eifer sämtliche Räume, und sein erster
Eindruck verstärkte sich, daß der neue Besitzer der
Villa noch nicht ganz eingezogen war.

Im Schlafzimmer im ersten Stock hatte jemand
aufgebe- räumt, nichts erinnerte mehr an das bren-
nende Durcheinander der vergangenen Nacht bis auf
ein paar dunkle Stellen auf dem Fußboden, und die
abscheuliche Jagdszene hing wieder vor dem Safe.

Erst im Wohnzimmer fand Sebastian eine brauch-
bare Spur. In der Sitzecke lag eine Zeitschrift auf ei-

nem Glastisch, auf der das Etikett des Abonnenten klebte. Dr. Anton Eberhard, Investmentberater!

Ein Stich durchfuhr Sebastians Brust - war das der Mann, auf den die Frau hier gewartet hatte, war das ihr "Verlobter"? Sebastian merkte sich die Adresse und verließ eilig das Haus.

Sebastian nahm die Kassette aus dem Recorder und setzte sie in die Kamera ein, dann starrte er durch den Sucher, drehte am Zoom, bis er von der Seite das leicht gewellte grüne Spielfeld seines Tip-Kick-Spiels mit den beiden Toren aus engem grünem Maschendraht und dem messingenen Gehäuse ganz im Blickfeld hatte, und stellte die Schärfe ein.

Die Torhüter, mit hochgereckten, fangbereiten Händen, waren hinten an den Fersen durch einen Draht mit einem kleinen Kästchen aus Kunststoff verbunden, das außerhalb des Spielfelds hinter den Toren stand, aus denen je zwei Stifte ragten, und warfen sich nach links und nach rechts in die Ecke, je nachdem, auf welchen Knopf man drückte.

Die beiden Feldspieler, aus einer früheren Generation stammend, waren aus Gußeisen, in roten und gelben Trikots, das Standbein in einer flachen, grünen Platte verankert, während das Spielbein am Hüftgelenk an einem Scharnier befestigt war und mittels eines Drahtes, der durch den hohlen Oberkörper nach oben führte und auf dem Kopf in einer Plastikkappe endete, bewegt wurde.

Der Ball war sechseckig, früher aus Kork, jetzt aus Plastik, rot und gelb bemalt, mit abgeschrägten Kanten und kugelförmigen Noppen auf den Spielflächen, damit er besser rollte und trotzdem immer auf einer Farbe liegen blieb.

Sebastian drückte auf die Aufnahmetaste der Kamera und setzte sich an die gegenüberliegende Seite des Spielfelds. Er nahm den Ball und warf ihn dreimal in die Luft: Rot, gelb, gelb. Gelb hatte Anstoß. Sebastian spielte meistens so lange, bis eine Mannschaft drei Tore erzielt hatte, versuchte fair zu sein und keine zu bevorzugen, dennoch hatte sich im Lauf der Zeit eine deutliche Vorliebe für Rot herausgebildet, und wenn er trotz aller Tricks nicht verhindern konnte, daß Gelb siegte, spielte er manchmal so oft hintereinander, bis Rot gewann.

Sebastian legte den Ball, gelb nach oben, auf den Anstoßpunkt, tippte ihn mit dem gelben Spieler leicht an, daß er den Mittelkreis nicht verließ, und ärgerte sich, daß der Ball immer noch gelb zeigte. Sebastian stellte den roten Spieler in zwei Spielerlängen Abstand auf, um die kurze Ecke zu decken, und versuchte den Ball mit leichtem Effet um diesen herum näher ans gegnerische Tor zu spitzeln. Der Stoß gelang, der Ball blieb ein paar Zentimeter vor dem roten Sechzehner liegen und zeigte immer noch gelb. Sebastian war außer sich, denn nun hatte er keine

Möglichkeit mehr, das rote Tor mit dem Feldspieler abzuschirmen. Er nahm den gelben Spieler in die linke Hand, faßte mit der Rechten nach dem Kästchen hinter dem roten Tor, ließ den Torhüter abwechselnd in beide Ecken schnellen und überlegte sich, wie er den Winkel am besten verkürzen konnte. Insgeheim spielte er mit dem Gedanken, einen Flachschuß abzugeben, der leicht zu berechnen war, um eine frühe Führung von Gelb zu verhindern, entschied sich dann aber dagegen – das wäre ja wirklich zu durchsichtig! Sebastian schob den roten Torhüter ganz nach vorne und kippte ihn leicht nach links, um die lange Ecke gegen einen Bogenball abzuschirmen, dann setzte er den gelben Spieler mit dem Spielbein so nahe an den Ball heran, daß der Fuß ihn wie eine Schaufel hob, je nachdem, wie stark der Stoß ausfiel. Es war natürlich immer ein Risiko dabei - schoß man zu scharf, flog der Ball über die Latte, schoß man zu schwach, rutschte der Ball ab und kullerte irgendwie zur Seite.

Sebastian drückte auf den Kopf des gelben Spielers, der Ball segelte hoch in die lange Ecke, berührte die Fingerspitzen des Torwarts, prallte von dort gegen den Pfosten und drehte sich nach hinten ins Netz.

Sebastian war so wütend, daß er das Spiel beinahe abgebrochen hätte - drei Stöße, und schon ein Tor für Gelb! Er legte den Ball wieder in die Mitte und hatte Glück, der Ball blieb nach dem Anstoß auf rot. Diesen gelben Säcken würde er es schon zeigen! Er stellte den gelben Spieler korrekt in zwei Längen Abstand auf und bereitete sich auf seinen Spezialstoß vor. Er packte den roten Spieler mit Daumen, Mittel- und Ringfinger seiner Linken, kippte ihn leicht nach rechts, brachte ihn nahe an den Ball, richtete die Fußspitze gegen die rechte Außenkante und drückte scharf auf den Knopf. Der Ball beschrieb einen flachen Bogen durch die Luft und um den gelben Spieler herum, fiel innerhalb des Strafraums aufs Feld zurück, drehte sich am Torhüter vorbei ein paarmal um sich selbst und kullerte gerade so über die Torlinie.

Sebastian grinste, er hatte es wieder einmal geschafft, doch plötzlich verließ ihn seine Konzentration. Mit zwei billigen Toren für Rot beendete er das Spiel, schaltete die Kamera aus und verließ eilig seine Wohnung.

Als Sebastian vor dem Kino stand und sich die Aushangfotos ansah, wußte er sofort, daß er diesen Film nicht sehen wollte, obwohl er es sich schon seit Tagen vorgenommen hatte.

Unschlüssig schlenderte er zur nächsten U-Bahn-Station, vorbei an billigen Nepplokalen, verrauchten, nach verbranntem Fett riechenden Imbißbuden, Spielsalons und Erotik-Schuppen und merkte plötzlich, wie seine innere Unruhe immer deutlicher eine erotische Färbung annahm.

Jedesmal, wenn sich die Tür zu einer der Bars öffnete und einen Gast ausspuckte, wurden seine Augen magisch angezogen von dem rötlichen Schimmer, den man erspähen konnte, wenn sich der schwere Vorhang für eine Sekunde hob, und die Vorstellung von gedämpftem Licht, weißen, üppigen Schenkeln in schwarzen Strümpfen, prallen Brüsten in engen Miedern, von duftendem Haar, das auf bloße, schimmernde Schultern fiel, von leisem, heiserem Lachen und dem Klirren eisgekühlter Drinks in beschlagenen Gläsern, mit denen sich lächelnde Frauen lasziv ihre Lippen netzten, versetzte ihn in einen Zustand willenloser Erregung, auch wenn er genau wußte, daß die Wirklichkeit hinter diesen Türen ganz anders aussah.

Sebastian taumelte gegen einen Passanten und fuhr erschrocken zurück. Warum überwältigten ihn solche Phantasien immer dann, wenn seine Sehnsucht nach Nähe am größten war?

Sebastian beschleunigte seine Schritte, als sein Blick plötzlich auf ein kleines, dunkles Auto fiel, das nachlässig mit einem Rad auf dem Gehsteig parkte. Die Frau von gestern nacht! Warum hatte er sie nicht nach ihrem Namen gefragt?

Während er noch fieberhaft überlegte, ob er sie in einem dieser Lokale suchen oder hier auf sie warten sollte, sah er sie plötzlich in Jeans und Lederjacke aus dem Nebeneingang eines dieser Striplokale kommen, ihre Handtasche wie einen Schutzschild gegen die Brust gepreßt, und hastig, fast verzweifelt auf ihr Auto zu rennen.

Sebastian trat ihr aus dem Schatten entgegen und versuchte zu lächeln. "So sieht man sich wieder..." Die Frau fuhr erschrocken zurück und steckte den Schlüssel ins Schloß. Sie schien weder erfreut noch verärgert, ihn zu sehen, stieg ein und öffnete die Beifahrertür. Sebastian nahm zögernd Platz und sah die Frau aufmerksam an. Ihre Haare waren feucht, als habe sie eben geduscht oder ein Bad genommen, ihr Gesicht war ungeschminkt, bleich, übernächtigt. "Schauen Sie mich nicht so an, ich bin müde und möchte ins Bett... wie haben Sie mich gefunden?" "Ich wollte ins Kino, dann sah ich zufällig Ihren Wagen..." "Sie waren nicht im *Blue Bell*?" Die Frau betrachtete Sebastian forschend von der Seite und stieß dann, wie um ihn zu prüfen, kalt hervor: "Seit heute abend trete ich dort wieder auf, ich muß mein Studium finanzieren...". Sebastian wandte sich zu ihr um, doch bevor sich ihre Blicke trafen, ließ die Frau den Motor an. "Ich fahre jetzt nach Hause - wenn Sie wollen, nehme ich Sie ein Stück mit..."

Sie wohnte ziemlich weit draußen, und Sebastian hätte genug Zeit gehabt, über all das zu reden, was ihm seit ihrem merkwürdigen ersten Zusammentreffen durch den Kopf gegangen war, doch er fand keine Worte. So traf es ihn unvorbereitet, als sie vor einem Apartmenthaus an den Straßenrand fuhr und ihn

freundlich anlächelte. "Endstation - alles ausstei-
gen..."

Sebastian fühlte sich sofort deprimiert, zündete
sich umständlich eine Bastos an und öffnete einen
Spaltbreit das Fenster - alles nur, um den Abschied
noch etwas hinauszuzögern. Er hätte sich zu ihr um-
drehen und ihr sagen sollen, wie wunderschön sie
sei, daß er betört sei von ihrem Duft, ihrem Atem, ihrem warmen, lockenden Körper, aber dann wären
ihm wahrscheinlich die Tränen gekommen, und er
hatte Angst, sich lächerlich zu machen. Stattdessen
sah er angestrengt zum Fenster hinaus und sagte mit
fremder, gepreßter Stimme: "Ich war nochmals in der
Villa... ich denke, ich weiß jetzt, wem der Anschlag
galt..."

Die Frau fuhr zu ihm herum und fauchte: "Lassen
Sie gefälligst die Finger von ihm, Sie haben schon
genug Schaden angerichtet!" Sebastian, überrascht
von ihrem heftigen Ausbruch, schluckte Zigaretten-
rauch und mußte husten. Sie atmete scharf ein und
funkelte ihn an. "Noch hat er nichts gesagt, und ich
möchte ihn nicht verlieren...". Sebastian fühlte sich
gründlich mißverstanden. "Und warum gehen Sie
dann wieder ins 'Blue Bell'?" Sie nahm Sebastian die
Zigarette aus dem Mund, nahm einen tiefen Zug und
hustete, wie jemand, der nur ganz selten raucht. Sie
wirkte jetzt wieder müde und abgespannt und streifte
Sebastian mit einem gleichgültigen Blick. "Weil die
Männer alle gleich sind...".

Die Frau warf Sebastians Zigarette achtlos aus dem Fenster und zog den Schlüssel aus dem Zündschloß. Sebastian beugte sich zu ihr hinüber und legte ihr leicht seine Hand auf den Arm. "Ich heiße Sebastian...". Die Frau erstarrte mitten in der Bewegung des Aussteigens, drehte den Kopf ein wenig zur Seite, mit einem weichen, versonnenen Ausdruck, als lauschte sie dem Klang einer Stimme aus einer Zeit, als es noch Arme gab, die sich weit für sie öffneten, ohne eine Gegenleistung zu verlangen, dann sah sie Sebastian kurz an. "Sandra...".

Sebastian und Sandra stiegen fast gleichzeitig aus und schlossen die Türen mit einem einzigen Knall. Dann standen sie lange voreinander, ernst, sehnsuchtsvoll, und hielten sich mit Blicken fest, ohne sich zu berühren.

Als Sebastian eine unbestimmte Bewegung auf sie zu machte, hob sie wie zur Abwehr eine Hand und deutete mit dem Kopf in eine bestimmte Richtung: "Dort um die Ecke ist eine S-Bahnstation..."

Sebastian saß in der Sitzecke seines Wohnzimmers, trank einen Schluck Rotwein, rauchte eine Zigarette und spürte, wie sich die Spannung in ihm langsam löste. Er dachte an Sandra und fühlte, wie er allmählich ganz von ihr durchdrungen wurde.

Morgen würde er diesem Anton Eberhard auf die Pelle rücken und ihm das Band mit Charlys Auftritt in seiner Wohnung verkaufen.

Sebastian setzte sich befriedigt an den kleinen Tisch mit dem Tipp-Kick-Spiel und spielte eine faire Partie, die Gelb mit drei zu eins gewann.

Es war einer dieser naßkalten Novembertage, lichtlos vom Morgengrauen an, als Sebastian das Bürohochhaus im Zentrum betrat. Er hatte sich eine bestimmte Strategie zurechtgelegt, wußte aber aus Erfahrung, daß er im entscheidenden Augenblick doch lieber seinem Instinkt vertraute.

Sebastians Zeigefinger berührte leicht die Led-Anzeige der Etage, in der das Büro lag. Die Türen des Aufzugs glitten lautlos auseinander, und er betrat die Kabine. Wenn nun Eberhard mit der ganzen Sache gar nichts zu tun hatte? Sebastian grinste nervös, nahm den Kaugummi aus dem Mund und stopfte ihn in den Aschenbecher. Besser, er hätte gestern abend nichts getrunken, aber für solche Einsichten war es jetzt zu spät. Jedenfalls war es nicht empfehlenswert, einem Mann mit einer Alkoholfahne gegenüberzutreten, der sicher ein harter Bursche war und in Geschäften keinen Spaß verstand.

Sebastian betrachtete sich im bodenlangen Spiegel des silbern glänzenden Aufzugs und ärgerte sich über seine leicht geröteten und geschwollenen

Augenlider und seine trockene, blasse Haut. Reflexartig griff er nach seinen Zigaretten und steckte sie gleich wieder ein. Auch dafür war jetzt nicht der richtige Augenblick.

Als sich die Türen des Aufzugs wieder öffneten, blickte Sebastian direkt in die Augen der alterslosen Frau am Empfang, wie ihre Umgebung kalt und gediegen, die ihre Augenbrauen bereits mißbilligend hochzog, noch bevor Sebastian ganz zum Vorschein gekommen war. Er spürte, wie seine Aufmachung und seine ganze Art ihr signalisierten, daß da ein Mensch auf sie zu kam, der auch nicht im entferntesten ihrer Vorstellung eines Geschäftsmanns entsprach, und seine lässige Zuversicht war mit einem Schlag wie ausgelöscht.

Sebastian blieb vor dem erhöhten Pult stehen und versuchte seiner Stimme Festigkeit zu verleihen. "Ich möchte den Direktor sprechen...". Die Mundwinkel der Frau zuckten verächtlich. "Hier gibt es keinen Direktor - es sei denn, Sie meinen unseren Vorstandsvorsitzenden, Herrn Dr. Eberhard...". Also war er wenigstens an der richtigen Adresse. "Ich meine Ihren Chef..."

Sebastian und die Frau starrten sich in einem stummen, unentschiedenen Zweikampf an, dann spielte sie ihren zweiten Trumpf aus. "Sind Sie angemeldet?" Sebastian lächelte, er war auf einmal sicher, daß er das Spiel gewinnen würde. "Sagen Sie ihm einfach, der chinesische Puppenspieler ist hier..."

Unschlüssig stand die Frau auf und verschwand hinter einer dicken Polstertür. Als sie zurück kam, sah sie Sebastian nicht an, setzte sich steif an ihren Platz und murmelte mit ausdrucksloser Stimme, Dr. Eberhard wünsche ihn zu sprechen.

Der Mann, der hinter einem Stahlrohrschreibtisch in einem bequemen, schwarzen Ledersessel thronte, den Oberkörper weit zurückgelehnt, den rechten Fuß lässig auf dem linken Knie, die Ellbogen auf den Armlehnen, die Finger gegeneinandergepreßt, musterte seinen Besucher mit dem raschen, abschätzenden Blick eines Profiboxers und paßte ganz und gar nicht in das Bild, das sich Sebastian von ihm gemacht hatte. Er hatte einen qualligen, verlebten Sechzigjährigen mit schütterem Haar erwartet, den er verachten konnte, nun sah er sich einem eisgrauen, offensichtlich durchtrainierten Mann von vielleicht fünfundfünfzig gegenüber, mit scharfer, gerader Nase, rosiger Gesichtshaut, fleischigem Mund und pechschwarzen Augen, die Willenskraft und Energie ausdrückten und noch etwas anderes, Bedrohliches...

Er sieht irgendwie schwul aus, versuchte sich Sebastian Mut zu machen, doch dieser Gedanke machte ihn nicht froh, denn auf diesen Mann hatte Sandra in der Bomben-Nacht gewartet.

Der Eisgraue machte keine Anstalten aufzustehen, als sich Sebastian seinem Schreibtisch näherte, und drückte allein dadurch aus, was er von seinem Besucher hielt. "Ich bin Dr. Eberhard, nach Ihrem Namen frage ich besser nicht..." Mit dem rechten Unterarm wies er auf einen Sessel, der seitlich neben dem Schreibtisch stand, dann legte er die Hände wieder gegeneinander, beobachtete, wie Sebastian sich setzte, und verriet nur durch ein leichtes Aneinandertippen der Zeigefinger seine innere Anspannung.

Sebastian kam sich lächerlich und gedemütigt vor, als er unendlich langsam, fast majestätisch, immer tiefer in dem schweren Ledersessel versank, während gleichzeitig die Luft mit einem leisen, trägen Fauchen aus den Polstern entwich, und er bedauerte schon jetzt, überhaupt hergekommen zu sein.

Dr. Eberhard, einen guten Kopf höher als sein Besucher, eröffnete das Gespräch, und Sebastian mußte seinen Hals schmerzhaft verdrehen, wenn er sein Gegenüber direkt anschauen wollte. "Ich nehme an, Sie haben die Absicht, Ihr eigenes Süppchen kochen...", und etwas schärfer: "Oder quälen Sie Gewissensbisse?"

Sebastian lächelte. Er hätte nicht gedacht, daß es ihm noch rechtzeitig gelingen würde, die Lähmung abzuschütteln, die ihn so unerwartet befallen hatte. Dr. Eberhard war der richtige Mann, das stand fest, und er schien selber so viel Dreck am Stecken zu haben, daß er nicht daran dachte, die Polizei einzuschalten. Wenn er es geschickt anstellte, konnte er vielleicht mitspielen, er durfte nur nicht zu erkennen geben, daß er keine Ahnung hatte, worum es überhaupt ging.

Sebastian wuchtete sich an den Armlehnen mit aller Kraft aus dem Sessel hoch und wunderte sich, daß ihm das so leicht gelang. Er ging zu einem der Fenster, so daß er Dr. Eberhard den Rücken zukehrte, und tat, als schaute er hinaus. "Hat Ihnen mein kleines Feuerwerk nicht gefallen?" Dr. Eberhard legte seine Arme flach auf die Lehnen, stieß den rechten Fuß auf den Boden und schwang sich in seinem Sessel zu Sebastian herum. "Etwas zu kompliziert für meinen Geschmack, vor allem für jemanden, der die Kombination kannte...".

Sebastian stieß sich vom Fenster ab, schlenderte über den dicken Teppich auf den Schreibtisch zu, blieb davor stehen, beugte sich hinunter und stützte sich mit den Händen ab. Dr. Eberhard ließ Sebastian nicht aus den Augen. "Möchten Sie nicht wissen, wer mir den Auftrag gab?" "Das weiß ich längst..." "Können Sie es auch beweisen?" Dr. Eberhard starrte Sebastian an, zum ersten Mal blitzte so etwas wie Interesse in seinen Augen auf, dann senkte er den Blick auf den Schreibtisch. "Natürlich nicht." "Aber ich kann es".

Sebastian ging hinüber zur Sitzgruppe und ließ sich auf die Couch fallen. Dr. Eberhard mußte sich nun schon zum zweiten Mal in seinem Sessel zu ihm herumschwingen, um ihn anschauen zu können, ohne sich den Hals zu verrenken. "Und wie?"

Sebastian lehnte sich zurück, ein warmes Glücks-gefühl durchströmte ihn. Schlug er sich nicht viel besser, als er es sich selbst zugetraut hatte? Jetzt fehlte nur noch der kühle Drink in der Hand. "Ein Videoband... man sieht und hört, wie mir mein Auf-traggeber sein Angebot macht..."

Dr. Eberhard lachte ein leises, bronchitisches La-chen, das seinen ganzen Körper erschütterte und plötzlich verebbte, dann starrte er Sebastian aus kal-ten, ungläubigen Augen an. "Ausgezeichnet, dann bringen Sie es her!"

Sebastian stand ohne Hast auf und ging wortlos zur Tür. Hinter ihm erhob sich die Stimme Dr. Eber-hards, beinahe hastig diesmal. "Wir haben noch gar nicht über das... Honorar gesprochen...". Sebastian drehte sich zu Dr. Eberhard um und musterte die kla-ren, hageren Züge, die harten, schwarzen Augen und die wulstigen, dunkelroten Lippen, das einzig Unedle in dessen Gesicht. Er stellte sich diesen Mund vor, wie er Sandra küßte, und ein Schauder lief durch sei-nen Körper. War er wirklich ihr Geliebter? War sie gar in diesen Mann verliebt? Sebastian packte das heftige Verlangen, diesen Mann anzuspringen wie ein wildes Tier und ihm die Faust ins Gesicht zu schlagen. "Fünfzigtausend" sagte er stattdessen und griff nach der Klinke der Polstertür. "Abgemacht."

Sebastian drückte die Klinke hinunter, als die Stimme des Eisgrauen noch einmal erklang, gefähr-lich und einschneidend diesmal. "Einen Moment noch... ist Ihnen in meiner Villa zufällig eine junge Frau begegnet - schlank, schwarze Haare..." Sebastian drehte sich langsam um und sah Dr. Eberhard forschend ins Gesicht. Täuschte er sich, oder hatte es unwillkürlich einen flehenden Ausdruck angenommen? War es möglich, daß ein Mann wie er Gefühle besaß, auch wenn es sich bloß um narzißtische Verlustängste handelte?

"Tut mir leid... klingt aber verlockend..." Sebastian lächelte dem Eisgrauen in falscher Kumpanei zu, der wie versteinert hinter seinem Schreibtisch saß, und stieß die Tür zum Vorzimmer auf.

Sebastian kam mit einer guten Flasche Rotwein, den er nicht in seinem Sortiment führte, in sein Wohnzimmer zurück, zog sorgfältig den Korken heraus und schenkte sich ein. Er schaltete die Videokamera ein und setzte sich an sein Tipp-Kick-Spiel, nahm einen tiefen Zug aus dem Glas und eröffnete die Partie mit Rot, da Gelb das letzte Mal gewonnen hatte.

Er spielte ohne große Konzentration, er dachte die ganze Zeit an seine Begegnung mit Dr. Eberhard, und je mehr von dem trockenen, samtenen Wein ihn wärmte, desto überzeugender erschien ihm sein Auftritt. Hatte er seinen Trumpf nicht gut ausgespielt, seine anfängliche Schwäche nicht lässig überwunden? Ihm fiel plötzlich ein, daß er noch immer nicht wußte, worum es überhaupt ging, daß er keine Ahnung hatte von Eberhards Geschäften - und wie er und Sandra zueinander standen.

Sebastian drückte heftig auf den Knopf des gelben Spielers, und zu seinem Ärger flog der Ball hoch ins Netz des roten Tores - schon der zweite Treffer ohne Gegentor.

Sebastian spielte mit dem Gedanken, ein bißchen hinter dem Eisgrauen herzuschnüffeln, womöglich fand er noch mehr faule Stellen. Doch wozu? Er hatte ja das Band, und im schlimmsten Fall mußte er eben Charly ausfindig machen. Er runzelte die Stirn, nahm einen großen Schluck und konzentrierte sich auf den Abschlag vom roten Tor, den er mit Effet um den gelben Feldspieler herum direkt versenkte. Er grinste zufrieden. Wozu sich unnötig Gedanken machen? Sebastian nahm den roten Spieler, setzte ihn gegen die Regel in einem Abstand von nur einem Zentimeter vor den Ball, der unmittelbar am roten Sechzehnmeterraum lag, um sich mit einem Flachschuß, der leicht zu halten war, um das sicher scheinende dritte Tor herumzumogeln. Er drückte mit dem linken Zeigefinger auf die Plastikkappe des gelben Spielers und mit dem rechten auf den Knopf des Kästchens hinter dem roten Tor. Der Torwart flog in die rechte Ecke, der Ball prallte flach gegen seine Beine, wirbelte hoch und sprang hinter ihm ins Netz. Drei zu eins für Gelb, der zweite Sieg hintereinander durch ein vermeidbares Tor!

Sebastian stand unwillig auf und schaltete die Kamera aus. Dieses Scheißspiel wollte er sich auf keinen Fall ansehen! Er zündete eine Zigarette an und stellte sich ans Fenster. Das wattige, weißliche Grau, das den ganzen Tag über geherrscht hatte, begann sich allmählich einzutrüben. Sebastian überfiel eine vage Sehnsucht nach Sandra, gleichzeitig spürte er wieder diese tiefe Mutlosigkeit in sich aufsteigen, im selben Maß, wie sich draußen die Dunkelheit breitmachte. Er nahm sein Glas, setzte sich in seine fleckige Sitzecke und beruhigte sich wieder. Das Problem mit ihm war, daß er sich immer viel zu viele Sorgen machte. Ja, das war's, er mußte abgeklärter werden!

Sebastian stellte sich vor, wie er Sandra wiedersehen und unter ihrer Nase mit den Scheinen herumwedeln würde, die er Dr. Eberhard abgenommen hatte. Ein Lächeln glitt über sein Gesicht, und er trank sich aufmunternd zu, als plötzlich die Ladenglocke schrillte.

Sebastian schaute auf die Uhr. Viertel vor sechs. Es gab also doch noch Leute, die sich in seinen Laden verirrten. Er stellte sein Glas ab und fuhr sich über den Mund, als könnte er sich damit seine Fahne wegwischen, öffnete die Verbindungstür und betrat den Laden.

Sandra stand etwas seitlich vom Ladentisch und ließ ihre Blicke angelegentlich über die Regale schweifen. Sie trug einen dunklen Regenmantel, darunter Jeans und einen Pullover. Zwei Spangen hinderten ihre Haare daran, ins Gesicht zu fallen, das blaß und spitz aussah, als sei es über Nacht geschrumpft.

Sebastian sah sie an wie eine Erscheinung. Eben noch hatte sie seine Phantasie beflügelt, und jetzt, wo sie leibhaftig vor ihm stand, brachte er kein Wort hervor.

Sandra wandte sich um, schaute Sebastian mit einem traurigen Lächeln an, machte einen Schritt auf ihn zu, die Augen forschend auf seinem Gesicht, und ging an ihm vorbei in seine Wohnung.

Sebastian sperrte hastig die Ladentür zu und folgte ihr nach. Sandra hatte die Schuhe von sich geschüttelt und sich, noch im Mantel, die Knie an die Brust gezogen, in den hintersten Winkel der Sitzecke verkrochen.

Als Sebastian ins Zimmer trat, schaute sie nicht auf, hielt ihre Beine mit den Armen umschlungen und starrte ins Leere. Sebastian hob die halbvolle Rotweinflasche. "Möchten Sie einen Schluck?" Sandra schüttelte heftig den Kopf, als müßte sie eine drohende Gefahr abwehren. Sebastian stellte die Flasche wieder hin und spürte mit Unbehagen die Wirkung des Alkohols in seinem Blut, den dumpfen Pulsschlag, die Verengung seines Gesichtsfelds, seine Begriffsstutzigkeit. "Vielleicht einen Tee? Ich habe einen guten Pfefferminztee..." Sandra hob den Kopf und schaute ihn an mit einem Blick, der ihre

Zustimmung, aber auch etwas ganz anderes ausdrücken konnte.

Sebastian ging in die Küche, setzte auf der kleinen Schnellkochplatte etwas Wasser auf, schüttete von den Pfefferminzblättern, die er in einem Apfelmusglas aufbewahrte, in eine hohe, blaugemusterte Kanne und ließ einen Löffel Honig darüberlaufen. Als er damit fertig war, kochte das Wasser, er goß es über den Tee, rührte sorgfältig um, bis sich der Honig ganz aufgelöst hatte, nahm eine Tasse und ein Sieb und trug alles auf einem Servierbrett ins Wohnzimmer.

Sebastian stellte das Tablett auf den kleinen Tisch neben die Weinflasche vor Sandra hin, die in der Zwischenzeit ihren Mantel ausgezogen hatte und jetzt mit verschränkten Armen, die Beine seitlich untergeschlagen dasaß und immer noch aussah, als friere sie. Sebastian setzte sich neben sie, zündete sich eine Zigarette an und zwang sich dazu, nicht gleich nach seinem Weinglas zu greifen.

In Sandras Gesicht arbeitete es, als liefe vor ihrem inneren Auge ein Film ab, der bei ihr von einem Augenblick zum anderen die gegensätzlichsten Gefühle auslöste. Ihre Augenbrauen zogen sich zusammen, als ob sie etwas nicht begriff oder tief mißbilligte, dann begannen ihre Nasenflügel zu beben, um ihren Mund zuckte es, und plötzlich schwammen ihre Augen in Tränen. Sebastian rückte näher an sie heran und legte ihr behutsam einen Arm um die Schultern.

Sandra schluchzte nun lautlos, hemmungslos und ohne Koketterie. Sebastian kam sich überflüssig und ausgeschlossen vor, wußte nicht, was er tun sollte, und streichelte ihr hilflos und fast mechanisch übers Haar. Das Weinen verebbte allmählich, und Sandra wurde wieder ruhig, ließ die Hände sinken, mit denen sie ihr Gesicht bedeckt hatte, und rückte ein wenig von Sebastian ab. Sie suchte nach einem Taschentuch und ging ins Bad, Sebastians Hand übersehend, der ihr eins reichte.

Sebastian hörte, wie Sandra im Bad rumorte, Wasser ins Lavabo laufen ließ, das seinen Ton veränderte, wenn sie ihre Hände darunter hielt, wie sie sich mit einem Frottiertuch trocken rieb, dann war es plötzlich still. Er zündete sich eine Zigarette an und wartete, daß sie zurück kam. Er war verwirrt, fühlte sich mißachtet und der Situation nicht gewachsen. Sein Wiedersehen mit Sandra spielte sich anders ab, als er es sich in seinen Phantasien ausgemalt hatte, und er konnte nichts dagegen tun. Er nahm einen großen Schluck aus seinem Weinglas und stellte es rasch wieder hin, als befürchtete er, Sandra könnte ihn beim Trinken überraschen. Er fing an unruhig zu werden. Wenn sie sich etwas angetan hatte? War sie deshalb hergekommen? Er hatte zwar keine Schlaftabletten, aber neben seinem elektrischen Rasierapparat lagen auch ein paar Klingen.

Sebastian drückte hastig seine Zigarette aus und warf im Aufstehen sein Glas um, dessen Inhalt sich über seinen Teppich ergoß, das einzig gute Stück in seiner Wohnung. Er fühlte den Zwang, einen Lappen zu holen und das Ärgste aufzuwischen, schämte sich jedoch im selben Augenblick seiner kleinlichen Regung, löste seinen Blick von dem sich ausbreitenden, säuerlich riechenden Wein und ging rasch ins Bad hinüber.

Das Licht brannte, doch von Sandra war nichts zu sehen. Er sah in der Küche nach, doch auch da war sie nicht, und Sebastian war jetzt ernstlich beunruhigt. Sie konnte sich doch nicht einfach in Luft aufgelöst haben?

Sebastian wollte wieder ins Wohnzimmer zurück, als er aus seinem Schlafzimmer, einer kleinen Kammer zum Hof hinaus, einen leisen Seufzer hörte. Er trat geräuschlos unter die Tür und nahm auf dem Kopfkissen einen dunklen Fleck wahr, der sich fast unmerklich rührte und dann wieder still lag.

Sebastian fühlte, wie ihm das Blut aus dem Kopf wich, um dann in harten, schmerzhaften Stößen durchs Herz zu jagen. Sandra lag offensichtlich in seinem Bett, und nach dem unförmigen Haufen auf dem Stuhl daneben zu schließen, hatte sie sich vorher ausgezogen. Es war nicht diese Tatsache allein, die ihn erregte und sein Verlangen nach ihr weckte, es war mehr noch das Plötzliche und Unverhoffte dieser Verlockung, die etwas Selbstverständliches an sich hatte und scheinbar keiner weiteren Erklärung bedurfte.

Ein anderes, weicheres Gefühl ergriff plötzlich Besitz von ihm, er dachte daran, wie sie wie ein schutzsuchendes Tier oder ein kleines Kind zu ihm geflüchtet und sich in seinem Bett verkrochen hatte. Er wollte die Tür schließen, um Sandra schlafen zu lassen, als sie unvermittelt hochfuhr und nach einem Augenblick der Verwirrung stumm ihre Arme nach ihm ausstreckte.

Sebastian war wie betäubt. Was wollte Sandra von ihm? Er schloß behutsam die Tür, durchquerte leise das Zimmer und begann sich auf der anderen Seite der Matratze, die ohne Gestell auf dem Boden lag, auszuziehen. Sandra lag auf dem Rücken, nur das helle Oval ihres Gesichts, das sich milchig weiß von ihrem dunklen Haar abhob, konnte er erkennen. Sie verfolgte ruhig seine Bewegungen und hob auf seiner Seite die Decke hoch. Sebastian rückte sich umständlich zurecht, Sandra schob sich nah an ihn heran und legte ihre Wange auf seine Brust. Sebastian legte vorsichtig einen Arm um sie, sie zuckte leicht zusammen und atmete scharf ein, als seine klamme Hand ihre Schulter berührte.

So lagen sie lange, und ihre ruhigen, tiefen Atemstöße erfüllten den Raum. Ein tiefer Friede überkam Sebastian, und allmählich gelang es seinen Augen immer besser, die Dunkelheit zu durchdringen, und mit bitterer Klarheit sah er plötzlich all das billige Gerümpel, das da herumstand, traurige Zeugnisse seiner scheinbaren Anspruchslosigkeit, die schon lange keine frei gewählte mehr war.

Sandra begann sich zu rühren und schob ihr rechtes Bein zwischen Sebastians Schenkel. Ihre Augen waren geschlossen, als läge sie in einem hypnotischen Schlaf. Ihre rechte Hand zuckte und wanderte über Sebastians Brust, träge, ziellos, wie von einem unsichtbaren Magneten gezogen. Sebastian verhielt sich vollkommen ruhig, damit die warme, sanfte Hand nicht innehielt und um sich ihr ganz zu überlassen, traute sich kaum zu atmen.

Sandras Hand kroch über seinen Bauch, seine Lenden, und Wonneschauer jagten durch seinen Körper bis in die Kopfhaut, wo sie prickelnd verebbten, dann hielt sie plötzlich inne, wie ein Käfer, der die Orientierung verloren hat, glitt weiter über die Innenseite seiner Schenkel bis zu seinen Knien, kehrte zurück, streifte fast beiläufig sein Geschlecht und suchte immer wieder diese scheinbar fast zufällige Berührung, lustvoll und quälend zugleich.

Eine Erregung ergriff ihn, die ihn von einer Sekunde zur anderen aus seiner zärtlichen, fürsorglichen Stimmung riß, er wurde hart und drängend, und mit einem Ungestüm, das er sonst nicht an sich kannte, fuhr seine Hand zwischen Sandras Schenkel, und es durchzuckte ihn wie ein elektrischer Schlag, als er ihre nasse Bereitschaft spürte.

Sandra rollte sich träge, fast schläfrig auf die Seite, sodaß sie Sebastian den Rücken zukehrte, zog die Knie leicht an und drängte sich an seinen Bauch. Und wieder roch er ihre Ausdünstung, klar und unauslöschlich wie bei ihrem ersten Zusammentreffen, als er neben ihr im Auto saß.

Sebastian konnte sich nicht mehr beherrschen und drang von hinten in sie ein. Er spürte dunkel, daß Sandra sich damit begnügte, ihn zu verführen, und empfand nur noch geballte, atavistische Lust. Als er sich zuckend in ihr ergoß, stöhnte er auf, sank erschöpft zur Seite, blieb lange reglos liegen und fing dann an, Sandras Körper mit Küssen zu bedecken, ganz überwältigt von ihrer warmen, gewährenden Weiblichkeit.

Sandra drehte langsam ihr Gesicht zu ihm um und legte ihm zärtlich eine Hand auf die Wange, wie zum Zeichen, daß alles in Ordnung sei. Sie lagen jetzt beide auf dem Rücken, Sebastian streichelte Sandra, satt und zufrieden. Er fühlte sich schwerelos, glücklich und unfähig, auch nur ein Wort zu sagen, als habe ihm die Hitze seiner Begierde die Sprache versengt. Seine Hand blieb mitten in der Bewegung auf Sandras Schenkel liegen, sein Kopf sank zurück, seine Augen fielen zu, und innerhalb weniger Sekunden war er eingeschlafen.

Als Sebastian gegen zehn aufwachte, war es stockdunkel und Sandra verschwunden. Er brauchte lange, um wieder in die Wirklichkeit zurückzufinden, und es schien ihm zunächst nicht aufzufallen, daß er allein war, ganz so, als habe er Sandras Besuch nur geträumt. Doch allmählich fing er an, das Unbegreifliche als Tatsache zu fassen und in allen Einzelheiten in Erinnerung zu rufen. Ein ziehendes Gefühl der Verlassenheit beschlich ihn, doch gleichzeitig spürte er, wie seine Zuversicht wieder wuchs. Sandra war zu ihm gekommen, mit ihrer Verzweiflung, Lebendigkeit und Wärme, und sie hatte eine Quelle angezapft, die ihn plötzlich wieder mit Energie versorgte.

Sebastian schlug die Decke zurück und stand auf. Cool bleiben! Das war's! Er durfte es nur nicht dauernd vergessen. Er schlüpfte in seinen Bademantel und ging hinüber ins Wohnzimmer. Morgen würde er seinen großen Auftritt bei Dr. Eberhard haben, und diesmal würde er sich besser darauf vorbereiten.

Sebastian setzte sich an den Tisch mit dem Tipp-Kick-Spiel und drückte auf den Aufnahmeknopf der Videokamera, doch nichts rührte sich. Er öffnete die Klappe, um nach der Kassette zu sehen, doch das Fach war leer. Sebastian runzelte die Stirn und dachte angestrengt nach. Ja, genau, heute abend, bevor Sandra kam, hatte er noch gespielt, aber er konnte sich nicht erinnern, sich das Spiel auch angeschaut zu haben. Er drückte auf die Auswurftaste des Videorekorders, der Mechanismus schnurrte, förderte aber nichts zutage.

Sandra hatte die Kassette mitgenommen, es gab keine andere Erklärung, *das* war der Grund gewesen für ihren Besuch! Sebastian klatschte sich mit der flachen Hand gegen die Stirn und lachte ein höhnisches, ungläubiges Lachen. Sandra hatte den Kampf um ihren "Verlobten" noch nicht aufgegeben, und mit dieser Kassette glaubte sie wohl, ihn zurückgewinnen zu können, so einfach war das!

Sebastian ging ins Schlafzimmer zurück und zog sich ohne Hast an. Er würde Sandra jetzt einen Besuch abstatten, und dann würde man ja sehen, ob man wirklich alles mit ihm machen konnte.

Feiner Sprühregen tanzte in böig verwehten Schlieren um die einzige Bogenlampe, deren mattes Licht kaum die stille, nasse, nachtschwarze Nebenstraße erhellte, in der Sandras Apartment lag.

Sebastian warf die Tür seines Autos zu, die ein feuchtes, klatschendes Geräusch von sich gab, und ging unsicher auf das Haus zu, in dem Sandra wohnte. Die schwere Glastür war natürlich abgeschlossen, und auf den Schildchen unter den Klingeln fand er keinen Namen mit einem S. davor. Vielleicht hieß sie Alexandra, aber auch ein A. stand vor keinem Namen. Also versteckte sie sich wahrscheinlich unter einer der Klingeln ohne Namensschild.

Sebastian überfiel jäh die Erinnerung daran, wie er mit Sandra noch vor wenigen Stunden in seinem Bett gelegen hatte, in der Abgeschiedenheit seines Hinterzimmers, in dem das Getöse der Welt wie ein ferner Spuk verhallte, und er empfand die tausend Umwege und Verwirrungen, welche die Liebe zwischen den Menschen verhinderten und verzerrten, wie eine Zentnerlast auf seiner Seele, die seine Kräfte allmählich erschöpften. War das der Preis dafür, daß der Mensch in grauer Vorzeit von den Bäumen herabgestiegen war und anfing, sich für etwas Besonderes zu halten?

Sebastian rüttelte an der Haustür, natürlich umsonst, doch es weckte seinen Ehrgeiz. Er trat zurück, entdeckte eine Toreinfahrt zum Nebengebäude und folgte ihr nach hinten.

Eine hohe Mauer trennte die beiden Hinterhöfe voneinander, doch Sebastian war jetzt alles egal. Er stieg auf ein paar Mülltonnen, zog sich mühsam hoch, hangelte sich auf der anderen Seite hinunter und probierte die Hintertür des Apartmenthauses. Diesmal hatte er Glück, nicht, weil jemand vergessen hatte, sie abzuschließen, sondern weil jemand das ganze Schloß herausgerissen hatte.

Sebastian trat ein, machte Licht und klopfte sich den Schmutz von den Kleidern. Er stieg langsam die Treppen hoch und betrachtete eingehend die Namensschilder an den Wohnungstüren. Er hätte irgendwo klingeln und fragen können, aber er wußte, daß in solchen Häusern kaum einer seinen Nachbarn kannte, und manche Leute holten schnell die Polizei. Als er ganz oben war, hatte er sich drei Wohnungen gemerkt, die in Frage kamen.

Die erste Wohnung, an der er klingelte, war gleich die richtige. Sandra öffnete in einem schwarzen, mit astrologischen, goldfarbenen Symbolen bedruckten Morgenmantel, die Haare wirr im Gesicht, und wenn sie überrascht war, ihn zu sehen, ließ sie es sich jedenfalls nicht anmerken. Sie trat gleichmütig beiseite und beobachtete ohne besonderen Ausdruck, wie er sich an ihr vorbei ins Zimmer schob und es neugierig musterte.

Kein Licht brannte, nur etwas von dem trüben Schein der Bogenlampe drang durch die hellen Vorhänge und erzeugte den trügerischen Eindruck von Mondlicht. Das Zimmer war klein und jungmädchenhaft eingerichtet, ein Schreibtisch vom Sperrmüll stand vor dem Fenster, in einer Ecke diente eine riesige Matratze als Bett. Überquellende Bücherregale entlang den Wänden, eine alte Truhe, ein kleiner Fernseher und ein Videorecorder .

Sandra warf ihren Morgenmantel ab, unter dem sie ein ärmelloses Nachthemd trug, und verzog sich sofort wieder in ihr Bett. Sebastian hätte die Angelegenheit am liebsten im Stehen erledigt, aber so kam er sich wie ein Schulmeister vor. Er setzte sich so weit weg wie möglich auf einen harten Stuhl und haßte sich schon jetzt für die Dinge, die er ihr sagen mußte.

Sandra lehnte ihren Kopf gegen die Wand, die Decke bis zum Kinn hoch gezogen, die Knie angewinkelt und wartete auf seine Eröffnung. Sie wirkte zerknirscht, aber nicht schuldbewußt.

Sebastian fühlte sich kraftlos und deprimiert und beschloß, es kurz und schmerzlos zu machen.

"Ich möchte die Kassette wiederhaben." Vom Bett her kam ein leises, spöttisches Lachen. "Kompliment, du hast mich also ausfindig gemacht... im Schreibtisch... oberste Schublade links."

Sebastian stand müde auf und öffnete die Schublade. Er fand die Kassette sofort und stand unschlüssig herum, denn eigentlich konnte er ja wieder gehen. "Ich hatte nicht die Absicht, die Kassette zu klauen, als ich zu dir kam - erst später kam mir die Idee, ich könnte meinen Verlobten damit vielleicht zurückgewinnen...".

Sebastian fühlte einen scharfen Stich in der Brust, als Sandra den Eisgrauen "meinen Verlobten" nannte, und drehte sich rasch zu ihr um. Sein Herz klopfte ihm bis zum Hals, und er mußte wieder gegen dieses Gefühl der Mutlosigkeit ankämpfen. "Liebst du ihn?" "Er ist reich, und ich habe es satt, nie Geld zu haben..." Sebastian starrte Sandra aufgebracht an, und in einer plötzlichen Eingebung drückte er auf die Taste ihres Anrufbeantworters. Sandra fuhr aus ihrem Bett hoch, verharrte dann aber regungslos. Nach der elektronischen Ansage von heute nachmittag ertönte die blecherne Stimme Dr. Eberhards, der Sandra in dürren Worten mitteilte, daß es wohl besser sei, daß sie sich nicht mehr sahen.

Sebastian atmete tief durch und mußte plötzlich lächeln. Es war absurd. Sie waren wie zwei kleine, trotzige Kinder, die fest daran glaubten, das Glück mit aller Gewalt erzwingen zu können. Unvermittelt spürte er die große Traurigkeit, die von Sandra ausging, setzte sich zu ihr auf die Matratze und strich ihr behutsam die Haare aus dem Gesicht. Sandra starrte stumpf vor sich hin, wich zuerst reflexartig seiner Hand aus und ließ ihn dann gewähren. Sebastian mußte daran denken, wie sie wie ein kleines Mädchen Trost bei ihm gesucht hatte, auf eine Weise, die zugleich rührend und beleidigend war, weil sie, zu stolz, sich etwas schenken zu lassen, glaubte, für das bißchen Geborgenheit mit Sex zahlen zu müssen

Sebastian erhob sich seufzend und steckte die Kassette ein. In der Tür drehte er sich noch einmal zu Sandra um. "Er wird dafür bezahlen, dann komme ich zurück..." Sandra streckte die angewinkelten Beine aus und rutschte langsam an der Wand hinunter, bis ihr Kopf wieder auf dem Kopfkissen lag. Ihre Miene verriet nicht, ob sie ihn gehört hatte.

Sebastian stand vorne im Laden und äugte angstvoll zum Schaufenster hinaus. Es war tiefe Nacht, eingehüllt in einen Nebel, dessen unnatürliche, orangen flackernde Helligkeit von einem riesigen, weit entfernten Brand herzurühren schien. Kein Auto fuhr, kein Schritt eines späten Fußgängers hallte auf dem Bürgersteig wider.

Knapp innerhalb seines Blickfelds stand ein Mann an die Hauswand gelehnt, mit bleichem, verschattetem, scharfem Gesicht und tief eingegrabenen Kerben von den Nasenflügeln bis zu den Mundwinkeln hinunter, und zielte mit einem Revolver auf einen anderen Mann, der in demütiger und gebückter Haltung stumm mitten auf der Straße stand. Der Mann drückte ab, aber man hörte den Schuß nicht, obwohl er keinen Schalldämpfer verwendete.

Sebastian, gleichzeitig erregt und verängstigt, sah, wie sich im Kopf des Opfers ein Loch auftat, und hörte als einziges Geräusch das Prasseln des Blutstroms, der sich auf die Straße ergoß. Der Mann drückte wieder ab, fast widerwillig, wie es Sebastian schien, die Kugel traf diesmal den Oberkörper, und ein neuer Blutsturz strömte auf das Pflaster nieder. Der Mann drückte noch zweimal ab, in langen Abständen, und jedesmal schoß ein dicker Blutstrahl aus den Wunden des Opfers hervor, das unverändert stumm, in gebückter, demütiger Haltung unbeweglich auf der Straße stand, und floß in weitem Bogen, nie versiegend, auf den Asphalt, der sich allmählich dunkelrot färbte. Immer noch war außer dem grausigen Plätschern des Blutes kein Laut sonst zu hören.

Sebastian war wie gelähmt von dem schauerlichen Geräusch des ausspritzenden Blutes, das nicht enden wollte und ihm den Atem benahm, und plötzlich spürte er mehr als daß er es sah, wie der Mann mit dem Revolver sich aufrichtete, lauschte, die Kammern seiner Waffe mit neuen Patronen füllte und langsam auf den Eingang seines Ladens zu schritt, um mit dem einzigen Zeugen seiner Tat genauso zu verfahren.

Und plötzlich verspürte Sebastian keine Angst mehr vor dem nahenden Tod, er sehnte ihn sich geradezu herbei, er fühlte, daß es eine Wohltat sein mußte, sich hemmungslos zu verströmen, wenn sich auf einmal die Schleusen öffneten. Das einzige, wovor ihm graute, war dieses entsetzliche Geräusch und daß es so entwürdigend war, sein Blut auf diese Weise zu vergießen.

Ein Fensterflügel flog krachend gegen die Wand, und Sebastian fuhr verstört aus dem Schlaf hoch. Von draußen drang die erste Helligkeit ins Zimmer, und man vernahm das fette, klatschende Geräusch eines heftigen, unruhigen Schneeregens. Zunge und Gaumen fühlten sich pelzig an, kalter Schweiß bedeckte seinen Körper, und sein Herz pochte dumpf in seinen Adern, die so dünn und brüchig schienen wie angekohltes Papier. Warum jetzt dieser Traum? Er hatte doch alle Trümpfe in der Hand!

Sebastian rollte sich hastig aus dem Bett, rasierte sich, machte seine Gymnastik, duschte, frühstückte ausgiebig, zog sich sorgfältig an und wappnete sich für den bevorstehenden Kampf.

Als die Aufzugtüren auseinanderglitten und Sebastian heraustrat, frischer und gewichtiger als gestern, griff die Vorzimmerdame so hastig nach dem Telefon, daß er glaubte, sie rufe die Polizei. Doch wie er vor ihr stand, sagte sie mit unerwartet neutraler Stimme: "Dr. Eberhard erwartet sie... Sie kennen ja den Weg."

Sebastian ging wortlos an ihr vorbei auf die dicke Polstertür zu und zog an dem Knauf, doch die Tür rührte sich nicht. Mit einem flüchtigen Blick über die Schulter stellte er fest, daß die Empfangsdame den Kopf nach ihm reckte und sich mit einem triumphierenden Aufblitzen in ihren Augen wieder über ihre Arbeit beugte.

Sebastian drehte den Knauf erst nach rechts, dann nach links, dann öffnete sich die Tür mit einem leisen Fauchen.

Dr. Eberhard stand auf, als Sebastian eintrat, aber nicht, um ihn zu begrüßen, sondern er ging hinüber zu der Sitzgruppe und schaltete den Fernseher und den Recorder ein. Heute trug er einen dunkelblauen, ebenfalls maßgeschneiderten Nadelstreifenanzug, sein Gesicht war gerötet und sah teigig aus, als habe er getrunken oder den ganzen Vormittag Sitzungen gehabt, in denen er schwer kämpfen mußte. Er drehte sich nach Sebastian um, als ob dieser nach ihrem gestrigen Treffen nur eben kurz hinausgegangen sei, um die Kassette zu holen.

Sebastian malte sich aus, wie er, statt die Kassette hervorzuholen, seine Faust aus der Tasche ziehen und sie dem Eisgrauen an die Kinnspitze schmettern würde. Aber er war ja hergekommen, um zu kassieren, und der Gedanke an die fünfzigtausend besänftigte ihn wieder.

Dr. Eberhard streckte unwillig seine rechte Hand aus. "Geben Sie schon her!" Sebastian blieb lächelnd stehen und schüttelte den Kopf. "Zeigen Sie mir das Geld, eher bekommen Sie nichts zu sehen..." Dr. Eberhard griff in seine Brusttasche, holte einen Umschlag heraus und fächerte vor Sebastians Augen ein Bündel Tausender auseinander. Sie sahen echt aus, und auch die Summe mochte stimmen. Sebastian nickte beiläufig, und der Eisgraue legte den Umschlag vorsichtig in Griffweite auf den Glastisch. Sebastian nahm die Kassette aus der Hülle, legte das Band ein und spulte es zurück. Dann drückte er auf Wiedergabe.

Das erste Bild war eine Großaufnahme des roten Tipp-Kick-Spielers, wie er mit einem raffinierten Drehschuß den Ball im gelben Tor versenkte. Sebastian warf einen Seitenblick auf Dr. Eberhard, der keine Miene verzog. Sebastian schaltete auf schnellen Sichtvorlauf, das Spiel zog sich hin, und je länger es dauerte, desto klarer wurde Sebastian, daß ihm ein katastrophaler Fehler unterlaufen war: Kein Zweifel, er hatte Charlys Auftritt gelöscht! Die Kassette mußte irgendwann von selbst auf Anfang zurückgelaufen sein, ohne daß er es gemerkt hatte, und dann hatte er ein neues Spiel aufgezeichnet. Aber wann nur? Wann hatte er die Kassette zuletzt angeschaut? Als er Sandra den Charly-Auftritt vorspielte! Und da hatte er wohl nur den Fernseher, nicht aber den Recorder ausgeschaltet! Danach hatte er gespielt, als er zum zweiten Mal aus Dr. Eberhards Villa in seine Wohnung zurückgekehrt war, und damit Chalys Auftritt für immer gelöscht. Ja, genau so mußte es gewesen sein! Der fette Charly war auf immer verschwunden und damit die Aussicht auf die fünfzigtausend!

Sebastian versuchte die aufsteigende Panik niederzukämpfen, nahm mit äußerster Anstrengung die Kassette aus dem Recorder, steckte sie in die Hülle zurück und drehte sich nach Dr. Eberhard um. "Tut mir leid, ich habe wohl das falsche Band erwischt..."

Dr. Eberhard starrte Sebastian mit einem Ausdruck an, der ihm klarmachte, daß er ihn durchschaute, und verstaute den Umschlag mit den fünfzig Tausendern wieder in seiner Jackentasche.

Sebastian stand auf und tastete sich zur Tür. "Sie hören von mir..." Die Polstertür schnappte hinter ihm mit einem leisen Klicken ins Schloß.

Die Vorzimmerdame verfolgte seinen Abgang mit hämischen Blicken, bis sich die Türen des Aufzugs schlossen und er unwiderruflich in die Tiefe sank.

Sebastian ging hinüber in sein Wohnzimmer und ließ sich mit einem Glas Rotwein in die Sitzecke fallen. Etwas von dem Wein schwappte über, tropfte auf eines der gelblich verfärbten, leinenbezogenen Sitzelemente und bildete zusammen mit den alten Flecken ein neues Muster. Gleichmütig beobachtete er, wie der Stoff gierig die Flüssigkeit aufsaugte, ohne etwas dagegen zu tun, und nickte mechanisch mit dem Kopf dazu, als ob dieser Vorfall etwas bestätigte, was er schon lange geahnt hatte.

Sebastians Kehle war plötzlich wie zugeschnürt, er schluckte und wehrte sich verzweifelt gegen den nahenden Zusammenbruch, doch der Alkohol hatte ihn schon zu sehr aufgeweicht, als daß er dem Druck hätte standhalten können, und endlich brachen die Tränen mit einer Gewalt aus ihm hervor, die ihn erschreckte. Es war, als hätte jemand mit einem Ruck den Vorhang weggerissen, der ihn bis jetzt vor der Wirklichkeit schützte, und jählings tauchte das bleiche, starre Mördergesicht aus seinem Traum mit dem scharfen, bösen Lächeln und den kalten, funkelnden Raubtieraugen vor ihm auf, schwebte langsam näher heran, blähte sich auf und verbreitete einen Eiseshauch, daß alles Lebendige erstarrte. Sebastian erschauerte, beugte sich vornüber und preßte mit aller Kraft ein Kissen gegen sein Gesicht. Die Fratze verschwamm, als schwebte sie durch dichten Nebel, wurde wieder erbarmungslos klar und verwandelte sich allmählich: Die Teufelsfratze war Sebastian selbst, ein Toter starrte ihm entgegen! Ein Zittern lief durch seinen Körper, er fühlte auf einmal, wie er sich selbst am Leben hinderte, wie sehr der starre Blick aufs große Ziel ihn lähmte, und eine tiefe Traurigkeit überwältigte ihn.

Als Sebastian zum dritten Mal innerhalb einer Stunde an Sandras Haustür klingelte, war schon die Dämmerung hereingebrochen. Schneeflocken, groß und naß wie Kinderküsse, schwebten lautlos herab und webten emsig einen weißen Teppich auf den Asphalt.

Endlich war Sandra zu Hause.

Sie lächelte wieder spöttisch, als sie Sebastian herein ließ, der wortlos und unsicher an ihr vorbei ging und seine Reisetasche neben ihre alte Truhe stellte.

Sebastian sah Sandra grimmig an, zog seine rechte Hand aus der Manteltasche und streckte ihr fünf Tausender entgegen. "Pack ein paar Sachen, wir fahren eine Weile fort..."

Sandra lachte ein helles, übermütiges Lachen, in dem fast so etwas wie Zärtlichkeit mitschwang. "Willst du mich kaufen? Ich wußte gar nicht, daß die Rechte an Tipp-Kick-Spielen so wertvoll sind..."

Sebastian erstarrte, hilflos und beschämt stand er mitten im Zimmer. Sie hatte also gewußt, daß die Kassette wertlos war, als er damit zum Eisgrauen ging. Aber warum mußte sie ihm das jetzt unter die Nase reiben, er liebte sie doch.

Sandra sah Sebastian eine Weile schwankend an, dann trat sie dicht an ihn heran und knöpfte ihm den Mantel auf. "Bleib heute nacht bei mir", murmelte sie, "morgen sehen wir weiter..."

2

Menschen schrien unten in der schmalen Gasse, ein Motorroller startete dröhnend, dann herrschte wieder Stille in dem winterlich-dämmrigen Hotelzimmer.

Sebastian schlug die Augen auf und streckte wie in Zeitlupe eine Hand aus, doch auf der Matratze neben ihm ertastete er nur eine zerknüllte Bettdecke.

Sandra! War sie im Bad, hatte sie einen Spaziergang gemacht, weil sie ihn nicht wecken wollte?

Sebastian richtete sich auf und fühlte wieder diese Stiche in der rechten Schläfe, von denen er glaubte, sie überwunden zu haben.

Dieser verfluchte Alkohol!

Sebastian ließ sich wieder auf den Rücken fallen, und allmählich kehrte die Erinnerung zurück. Das kleine Lokal direkt am Hafen mit den altmodischen, rotweiß karierten Tischdecken, das nächtliche Meer, von einem eisigen Wind erbarmungslos ans Ufer gepeitscht, das wild aufschäumend emporschoß und auf die menschenleere Mole herabsank wie aufgewirbelter Schnee, die trübe Deckenbeleuchtung, die immer wieder flackerte und zu erlöschen drohte, das Personal, das stolz und mit Galgenhumor die Urgewalt der Natur und die Unzulänglichkeiten der Technik kommentierte – und Sandra, die ihm gegenüber saß, mit wilden, ungekämmten Haaren, flammenden Augen und blutroten Lippen in einem bleichen, beinahe durchscheinenden Gesicht. Aber warum war sie nur so wütend?

Vielleicht war es doch keine so gute Idee gewesen, Sandra zu diesem Wintertrip nach Sizilien zu überreden, auf der Suche nach den verschütteten Spuren seiner früheren Reisen, im nachhinein betrachtet wohl eher eine Flucht vor seinen ungelösten Problemen. Immer deutlicher wurde ihm dies bewußt, als er mit Sandra Orte aufsuchte, an denen er sich aufgehalten hatte und sich kaum noch erinnerte, was ihn dort so fasziniert hatte, außer daß die Tage vergingen, ohne Forderungen an ihn zu stellen. Er registrierte, wie Sandra immer nachdenklicher und einsilbiger wurde und der Zauber seiner dunklen, bohèmehaften Existenz - der eigentliche Grund, daß sie sich in ihn verliebt hatte -, nicht mehr wirkte, denn allmählich kam ein Sebastian zum Vorschein, wie er sich selbst nicht mochte: Wie gelähmt, unfähig, wirklich etwas zu empfinden, aber immer mit dieser übergroßen, quälenden Sehnsucht nach Intensität, und ewig diese fruchtlosen Erklärungen für seine innere Zerrissenheit. Und plötzlich fiel ihm wieder ein, warum Sandra so wütend geworden war. Beflügelt vom Wein hatte er wieder einmal zu einem seiner endlosen Monologe angesetzt, ohne zu merken, daß Sandra ihm immer mehr entglitt, wie ihr Befremden wuchs, daß er sich damit begnügte, seinen Zustand wortreich zu beschreiben, statt zu versuchen, seiner Lähmung endlich auf den Grund zu gehen. Unvermittelt schrie sie ihn an, ohne Rücksicht auf das Personal, aber mehr aus Verzweiflung, weil sie auf andere Weise nicht mehr zu ihm durchdrang, dann brach sie in Tränen aus, stand abrupt auf und verließ das Lokal. Sebastian zahlte hastig und rannte ihr nach, stumm und erbittert liefen sie nebeneinander her zum Hotel. Sebastian verkroch sich ins Bett und hörte zu, wie Sandra auf und ab ging, sich heftig aufs Bett setzte und sich wieder erhob, dann mußte er wohl eingeschlafen sein.

Sebastian sah nach dem Wecker, der auf seiner Seite auf dem Boden lag, mit dem Zifferblatt nach unten, und drehte ihn um.

Halb zwölf!

Wenn Sandra einen Spaziergang machte, um ihn nicht zu stören, ließ sie sich reichlich Zeit. Beunruhigt ließ sich Sebastian aus dem Bett gleiten, und das erste, was er wahrnahm, war die angelehnte Schranktür, dann, als er sie ganz öffnete, gähnende Leere, ihre sämtlichen Sachen waren verschwunden.

Sebastian taumelte zum Bett zurück, sank auf die weiche Matratze und sah sich rasch um. Nicht einmal einen Zettel mit ein paar Zeilen, die ihre überhastete Abreise erklärten, hatte sie hinterlassen. Offenbar mußte es für sie so schlimm gewesen sein, daß sie sich auch keine Gedanken über seine Rückreise gemacht hatte, denn es war kaum anzunehmen, daß sie ohne ihr Auto vor ihm geflohen war.

Sebastian stand auf und ging zum Fenster. Unten ging das Leben weiter, als wüßte es nichts von dem stillen Drama, das sich nachts im ersten Stock des Hotels in diesem Zimmer abgespielt hatte. Er fühlte ein großes Bedürfnis, sich zu erklären, doch dann überfiel es ihn siedendheiß: War nicht gerade sein ewiges Gerede um seinen Seelenzustand der Grund dafür, daß es Sandra mit ihm nicht mehr ausgehalten hatte? Was wußte er eigentlich von ihr? Nachdem sie nach langem Zögern in diese Reise eingewilligt hatte, wurde sie seltsam still und vergaß ihre ironischen Attacken, ganz so, als hätten sie nur dazu gedient, sich vor neuen Verletzungen zu schützen. Sie sah ihn öfter lange an und lächelte scheu, als ob sie ihn dazu bringen wollte, sie zu beschützen, vor der Welt und vielleicht auch vor sich selbst. Warum war er nicht darauf eingegangen? Warum hatte er ihr keine Fragen gestellt? Mit Unbehagen erinnerte er sich daran, daß er diese wortlosen Aufforderungen sehr wohl gespürt, aber ignoriert hatte, weil er sich überfordert fühlte, er suchte ja selber nach einem Halt. Sebastian zählte sein Geld und war erleichtert, daß es reichte für Hotel, Fähre und Bahn, um ohne Probleme nach Hause zu kommen, vielleicht nahm ihn ja jemand bis zum Hafen im Auto mit.

Die Abenddämmerung war schon hereingebrochen, als Sandra von der Autobahn herunter fuhr und in die Umgehungsstraße einbog, die ins Zentrum der Kleinstadt führte, in der sie aufgewachsen war. Bittere Kälte drückte plötzlich gegen die Scheiben, als die blasse Sonne zum letzten Mal hinter den riesigen Lagerhallen der Industriezone aufblitzte, um dann endgültig unter dem Horizont zu versinken. Sandra stellte die Heizung höher und machte das Radio aus.

Eigentlich war sie nicht darauf vorbereitet, ihre Mutter zu sehen und schon gar nicht einen ihrer ständig wechselnden Liebhaber. Das letzte Mal, als Sandra zu Hause war, und das war schon sehr lange her, lebte sie noch in der dunklen Dreizimmerwohnung, in die ihre Mutter mit ihr aus der Großstadt geflüchtet war, als der Mann, der ihr Vater war, nichts mehr von ihr wissen wollte. Bis heute weigerte sie sich hartnäckig und ohne Gründe zu nennen, seinen Namen preiszugeben. Jetzt war sie überraschend umgezogen in eine Gegend, die eigentlich zu teuer für sie war.

Sandras Laune hob sich urplötzlich und ihr Kampfgeist erwachte. Statt ihre Zeit mit endlosen, zermürbenden Gesprächen zu verplempern wie am Telefon, in denen ihre Mutter alles abblockte, was ihr zu nahe ging, und das war so ungefähr alles, was ihr früheres Leben betraf, würde sie diesmal nicht lockerlassen, bis sie ihr endlich ihr Geheimnis entrissen hatte.

Sebastian stieg aus dem Zug und knöpfte hastig seinen Mantel zu, ein eisiger Wind fegte über die Gleise. Der große Zeiger der Bahnhofsuhr zuckte auf halb fünf, und Sebastian ergriff ein Gefühl der Mutlosigkeit. Dieser schmutzige Kleinstadtbahnhof, diese geduckten, schleichenden Gestalten – wie konnte er nur so dumm sein, nach seiner mißglückten Italienreise direkt zu seiner Mutter zu fahren, die in ihrem Haus nur darauf lauerte, ihm für alle Zeiten ein Nest einzurichten? Unvermittelt dachte er an Sandra, an ihr bleiches, aufgewühltes Gesicht bei ihrem Streit in dem Restaurant an der Hafenmole auf Sizilien. Er würde sie niemals vergessen, das wußte er. Würden sie sich je wiedersehen? Sebastian packte seinen Koffer und schritt entschlossen zum Ausgang.

Sandra parkte gegenüber der neuerrichteten Wohnanlage, in der ihre Mutter jetzt wohnte und die ganz von Grün umgeben war. Sie hob ihre Reisetasche aus dem Kofferraum, ging durch eine Horde johlender Jugendlicher hindurch über die Straße und suchte das Klingelschild. Und auch hier wieder eine Überraschung: Die Wohnung befand sich im obersten Stock.

Im Aufzug, der lautlos nach oben schwebte, roch es nach Farbe und frisch verlegten Elektrokabeln. Die Aufzugstüren glitten auseinander, Sandra atmete tief durch und griff nach ihrer Reisetasche. Schräg gegenüber, in der offenen Wohnungstür, stand bereits ihre Mutter, lässig gegen den Türrahmen gelehnt. Sie war noch immer eine attraktive Frau, auch wenn es unübersehbare Anzeichen gab, daß sie allmählich etwas aus dem Leim zu gehen schien. Sie trug einen engen, kurzen Rock, der ihre ausladenden Hüften betonte, und eine aufgeknöpfte Bluse, die ihre üppigen Brüste kaum zu bändigen vermochte und in der Taille spannte. Im Mundwinkel hing eine heruntergebrannte Zigarette, in der rechten Hand hielt sie ein halbgefülltes Weißweinglas. Ein Rauchkringel wehte ihr übers Gesicht, sie kniff ein Auge zusammen und musterte ihre Tochter mit ironischem Lächeln. "Sieh an, mein Herzblatt läßt sich auch wieder mal blicken...". Sie trat zurück, stieß die Tür noch weiter auf und forderte Sandra so zum Eintreten auf. Sandra sah ihre Mutter an und empfand augenblicklich wieder dieses Ohnmachtsgefühl. Wie schaffte sie es bloß, jederzeit und an jedem Ort dieses Gefühl zu vermitteln, daß nichts und niemand auf dieser Welt sie zu erschüttern vermochte? Sandra betrat die Wohnung und küßte ihre Mutter flüchtig auf die Wange. "Schön, daß du mich so ungeduldig erwartet hast...". Im Hintergrund wischte eine Gestalt vorbei, gegelte Haare, hinten zu einem Zopf gebunden. Sandra witterte ein billiges Rasierwasser

und fühlte sich zum zweiten Mal erbarmungslos ta-
xiert. "Das ist Dino, er wohnt nicht hier, du brauchst
ihn also nicht weiter zu beachten...".

Das Taxi hielt direkt vor dem Haus seiner Mutter.
Sebastian bezahlte den Fahrer, der in seinem fleckigen Parka nach abgestandenem Schweiß roch, gab
ihm ein großzügiges Trinkgeld, stieg aus und sah zu,
wie er seinen Koffer aus dem Kofferraum holte und
ihm wortlos vor die Füße wuchtete.

Sebastian sah dem Taxi nach, bis es um die Ecke
verschwunden war, dann blickte er sich um und musterte mit leichtem Unbehagen das Haus, in dem er
aufgewachsen war. Seine Mutter war aus der
Großstadt mit ihm hierher gezogen, nachdem sie von
dem Mann verlassen worden war, von dem er nur
wußte, daß er sein Erzeuger war. Damals lebten ihre
Eltern noch, und da sie gleich eine Stelle in der
Stadtverwaltung fand, wo sie noch immer arbeitete,
kümmerten sich seine Großeltern tagsüber aufop-
fernd und liebevoll um ihn. Es war auch für ihn ein
Schock, als er vor etwa zehn Jahren von ihrem tödli-
chen Autounfall erfuhr. Seine Mutter erbte das Haus
und ein wenig Erspartes, doch sie war nicht sicher,
ob sie die Hypothek zu bedienen vermochte, obwohl
sie extrem sparsam lebte. Seither hatte er nichts mehr
darüber gehört, und wenn er den Zustand des Hauses
betrachtete, das offensichtlich vor kurzem einen frischen Anstrich bekommen hatte und auch sonst sehr

gepflegt aussah, mußte er annehmen, daß seine Mutter seinerzeit aus Angst übertrieben hatte.

Sebastian stellte seinen Koffer vor der Haustür ab und drückte auf die Klingel. Sie klang fremd und neu und paßte nicht so recht zu dem schmalen, altmodischen Haus. Die Tür öffnete sich sogleich, als hätte seine Mutter hinter der Tür gewartet und seine Ankunft durch den Türspion beobachtet. Wie jedes Mal, wenn er nach Hause kam, erschrak Sebastian von neuem, als seine Mutter in der Türöffnung erschien, über ihr ovales, ernstes Gesicht, das nicht alterte, aber in seiner Erinnerung auch nie wirklich jung gewesen war, ihre gepreßten, asketischen Lippen, ihre forschenden, hellen Augen, die ihr bei aller Strenge etwas Kindliches verliehen, ihr blondes Haar, das wie ein Helm ihren Kopf umhüllte. Und wie jedes Mal fragte er sich verzweifelt, warum sie aufgehört hatte zu leben, als sie sich mit ihm in diesem Haus verkroch, warum sie sich nicht eine zweite Chance gegeben hatte, denn wenn man das Maskenhafte und Erstarrte von ihrem Äußeren abzog, mußte sie als junge Frau eine elfenhaft zarte, liebreizende, mädchenhafte Erscheinung gewesen sein. Dunkel konnte er sich an ein paar Fotos erinnern, die ihm seine Großeltern zeigten, die seine Mutter nach deren Tod alle versteckt oder vernichtet zu haben schien.

Sebastian registrierte, wie ein schwacher Glanz das Gesicht seiner Mutter verklärte und in ihre Züge etwas Weiches trat, doch dann hatte sie sich wieder im Griff. Er faßte sie mit beiden Händen leicht bei den Schultern und drückte ihr links und rechts einen Kuß auf ihre Wangen. "Es dauert nicht mehr lange, und du siehst jünger aus als ich...". Seine Mutter setzte ihr übliches, heroisches Verzicht-Lächeln auf. "Komm erst mal rein und ruh' dich aus, ich habe dir dein Lieblingsessen gemacht...".

Sandra kam aus dem Bad, wo sie sich frisch-gemacht hatte, blieb in der Küchentür stehen und sah ihrer Mutter bei den Essensvorbereitungen zu. Sie hatte schon immer an ihr bewundert, ohne es ihr jemals zu sagen, mit welcher Ruhe und Lässigkeit sie auch die banalsten Tätigkeiten ausübte, sie konnte stundenlang ein Essen vorbereiten, ohne ungeduldig oder hektisch zu werden, wenn ihr der Sinn danach stand, sie konnte sich aber auch mit der gleichen Selbstverständlichkeit einfach nur ein Brot schmieren oder ein Spiegelei in die Pfanne hauen. Sie schien eine unbestechliche innere Uhr und eine Art vegetativen Befindlichkeitsanzeiger zu besitzen, zwei Taktgeber, die sie niemals im Stich ließen und ihr etwas Unheimliches, Animalisches verliehen. Eben griff sie nach ihrem Weißweinglas, nahm einen tiefen Schluck, stellte es wieder wieder ab und nahm eine große, grüne, glänzende Zucchini aus dem Gemüsekorb. Sie wandte sich zum Ausguß, drehte und wendete sie langsam und bedächtig in ihren bloßen Händen und wusch sie gründlich unter fließendem

Wasser. Sandra schoß unwillkürlich die Röte ins Gesicht. Nicht einmal Gemüse konnte ihre Mutter schneiden, ohne ihr übliches, obszönes, mit sexuellen Anspielungen gespicktes Spektakel zu inszenieren! Oder war Sandra durch ihre letzten Erfahrungen so geschädigt, daß sie auf alles nur noch wie ein bloßgelegter Nerv reagierte? Prüder zu sein als ihre Mutter wäre das letzte, was sie ertragen konnte. Die Stimme aus der Küche traf sie völlig unvorbereitet. "Hör mal, Schatz, statt mich heimlich beim Kochen zu beobachten, könntest du mir ruhig ein bißchen zur Hand gehen...".

Das ganze Haus schien neu eingerichtet, nüchtern und funktional, als ob der kleinste Luxus eine Sünde sei. Sebastian saß im Wohnzimmer vor seinem vollen Teller, der auf einem hellen, blankgescheuerten Holztisch stand, Sauerbraten mit selbstgemachten Teigwaren und Rotkraut. Seine Mutter saß seitlich am Tisch und strickte, ein Trick, mit dem sie ihn jedoch nicht täuschen konnte, er wußte, daß ihr keine seiner Regungen entging. Sebastian hätte gerne einen Schluck Wein zum Essen getrunken, aber das hätte sie gleich wieder als ein charakterschwaches Sich-Gehen- Lassen interpretiert, selbstverständlich ohne sich etwas anmerken zu lassen, und er wollte nicht gleich zu Beginn seines Besuchs einen Vorwand für ihre Vorurteile liefern. "Warum ißt du nicht mit? Es schmeckt ausgezeichnet, aber ich komme mir vor wie bei einer Armenspeisung...". "Ich esse nie so spät, sonst kann ich nicht schlafen...". Rasch warf sie ihm beiläufig einen Seitenblick zu. "Was ist? Trinkst du nicht einen Wein dazu?" Er unterdrückte ein Lächeln und schüttelte gleichgültig den Kopf. "Nein, heute nicht, die Reise hat mich ziemlich müde gemacht...".

Sandra und ihre Mutter saßen sich am Eßtisch gegenüber, das fleckige Tischtuch vollgestellt mit Vorspeisen – Oliven, Schafskäse, süße Peperoni, eingelegte Artischocken –, und tauchten ihre Gabeln in die dampfende Gemüselasagne, die ihre Mutter eben vor sie beide hingestellt hatte. Die Mutter griff nach der Weinflasche im Kühler und lächelte ihrer Tochter durch die unmerklich flackernden Kerzen hindurch spöttisch zu. "Ein Schluck Wein? Der bringt dich bestimmt nicht um...". Sandra sah ihrer Mutter aufmerksam ins Gesicht. Die Haut spannte sich nicht mehr so straff über den Wangenknochen, und ihr Kinn war etwas weicher geworden, doch ihre großen, dunklen Augen hatten immer noch dieselbe Strahlkraft. "Warum nicht? Zur Feier des Tages und auf die neue Wohnung... ist sie dein Eigentum?" Ihre Mutter lächelte die Frage weg und schenkte ein, rasch und lässig, dann stießen sie mit den Gläsern an. Es war ein *Fendant*, beinahe perlig, aber trocken und duftig, kein Wein, den es im Supermarkt zu kaufen gab. Sandra nahm einen tiefen Schluck, spürte, wie sich etwas in ihr löste, stellte das Glas ab und lächelte ihre Mutter an. Seltsam, sie sah sie immer mit einem Weinglas vor Augen, doch noch nie hatte sie sie betrunken erlebt oder daß sie ausflippte oder sonst irgendwie die Kontrolle verlor. Die Augen und die Haare hatte sie von ihr, sie wünschte, sie hätte auch etwas von dieser inneren Kraft. "Was siehst du mich so an, hast du keinen Hunger? Ich habe mir nicht umsonst so viel Mühe gemacht...".

Das rote Backsteingebäude, in dem der *Tagesspiegel* residierte, hatte schon bessere Zeiten gesehen, die Fassade war rußig, und die kleinen, engstehenden Fenster blickten halbblind und verkatert in die Welt. Sebastian hatte während der Schulzeit und sogar noch in den Semesterferien öfter hier gejobt, doch wer hier arbeitete, erntete weder Ruhm noch Reichtum, aber er gehörte zu einer verschworenen Gemeinschaft, die sich jeden Tag von neuem der Flut entmutigender Katastrophenmeldungen und Narrenpossen entgegenstemmte, verursacht durch Ignoranz, Habgier, Eigennutz und Indolenz, die sie dann mit List und Galgenhumor in eine erträgliche Form goß, damit die Leserinnen und Leser ihrer Zeitung nicht völlig am Sinn des Lebens verzweifelten, und ihr die Genugtuung gab, eine kleine Trutzburg inmitten des allgemeinen moralischen Verfalls zu sein. Es war ein bißchen wie auf einem Schiff mit einem irreparablen Leck auf hoher See, das von der Mannschaft nur unter Aufbietung aller Kräfte und dem Einsatz sämtlicher verfügbaren Pumpen über Wasser gehalten werden konnte, während die Passagiere auf dem Promenadedeck feierten und von dem Drama unten im Maschinenraum keinen blassen Schimmer hatten. Lange war Sebastian stolz darauf gewesen, Mitglied dieses Teams zu sein, doch irgendwann, ohne besonderen Grund, fühlte er sich überfordert von der Anstrengung, dem nie endenden Nachrichtenmüll einen Sinn abzugewinnen und ihn dann auch noch abgeschwächt und in leicht verdaulicher Form für den Leser zuzubereiten. Er brach alle Brücken hinter sich ab und ließ sich seither treiben. Sebastian löste den Blick von der schäbigen Fassade, überquerte die Straße und stieß die quietschende Eingangstür auf.

Benny, alterslos, groß und stattlich, zugleich Besitzer, Chefredakteur und Layouter der Zeitung, riß die Arme hoch, als Sebastian die Redaktionsräume betrat, und stürmte ihm entgegen. "Ich glaub's einfach nicht, der Liebe Gott persönlich...". Benny preßte Sebastian wie in einem Schraubstock an sich und stieß ihn dann heftig von sich, um ihn streng zu mustern. Seine Haare waren weniger geworden und bereits ergraut, doch seinen Optimismus und seinen Humor schien er nicht verloren zu haben. "Na, Bastos, du altes Schlachtroß, Heimweh nach der Provinz?" Benny war der einzige, der ihn so nennen durfte, er hatte diesen Spitznamen sogar erfunden. Sebastian lächelte und stieß Benny spielerisch gegen die Brust. "Wenn ich mich hier so umschaue, ist es wohl eher ein Krankenbesuch...". Benny packte Sebastian an der Schulter und schob ihn vor sich her. "Komm, wir gehen in mein Büro...". Sebastian entging nicht, daß in dem Großraumbüro mehr als die

Hälfte der Schreibtische unbesetzt war. "Ist lange her, daß du hier den Buckel krummgemacht hast... wir bringen den *Tagesspiegel* zwar noch jeden Tag heraus, aber nur unter extremer Selbstausbeutung... würde das ganze Gemäuer nicht meinem Vater gehören, hätte ich schon längst den Löffel abgeben müssen...".

In seinem Büro zog Benny eine Schublade auf, holte eine Flasche Cognac hervor und streckte sie Sebastian fragend entgegen. Sebastian schüttelte den Kopf, Benny zog vielsagend die Augenbrauen hoch und schenkte sich einen tüchtigen Schluck ein. "Sieh an, sieh an... mir kann's nicht schaden...". Benny leerte das Glas in einem Zug. Bei seiner ganzen Jovialität und seinem lärmenden Wesen war er ein scharfer Beobachter, dem nichts mehr zuwider war als dumme Menschen, was seinen uneingestandenen Hang zur Melancholie immens verstärkte. "Nun aber zu dir...". Benny faßte Sebastian scharf ins Auge. Sebastian legte umständlich die Beine übereinander. "Na ja, was soll ich sagen... ich habe vieles versucht, bin aber immer nur in Sackgassen gelandet...". "Wenig überraschend, wenn man seiner Bestimmung ausweicht...". Sebastian sah verblüfft hoch. "Was soll das heißen?" "Du wolltest doch schreiben... du warst sehr gut darin, langweilige Infokacke in spannende, kleine Stories umzuwandeln...". "Ich bitte dich, das war doch nur Handwerk". "Man kann's, oder man kann's nicht...". Benny klopfte mit dem leeren Glas auf den Schreibtisch und sah Sebastian unergründlich an. "Was hast du jetzt vor? Willst du hier wieder einsteigen?" Sebastian lachte, aber ein bißchen fühlte er sich auch ertappt. "Um Gottes Willen, nein, das käme ein bißchen spät...". Benny ließ sich nicht beirren. "Für die Zeitung brauchen wir niemand, aber wir basteln gerade an unserer Online-Präsenz...". Sebastian sah Benny forschend ins Gesicht. Machte er sich lustig über ihn? "Im Ernst, ich habe da eine sehr gute Kraft, Sonja, sie ist voller Tatendrang, unser Azubi sollte sie unterstützen, doch er zog es vor, sich eine langwierige, ansteckende Krankheit zuzuziehen. Sonja hat gute Ideen, aber sie ist ungeduldig, das Schreiben ist nicht ihr Ding...". Benny und Sebastian sahen sich lauernd an. "Du wirst sie mögen, in vier Wochen bist du wieder frei und für deine Zigaretten und ein paar Bier reicht es auch...". Sebastian beugte sich vor und deutete auf die Cognacflasche. "Ich glaube, ich brauche jetzt auch einen Schluck...".

Der Catering-Service *Calypso* hatte sich seit Sandras letztem Besuch schwer verändert. Der alte Gasthof, in dem er untergebracht war, hatte einen neuen Anstrich, und auf der Vorderseite prangte das Emblem in schwungvollen, blutrot leuchtenden Neonröhren.

Sandra stellte ihr Auto auf dem geräumigen Parkplatz ab, auf dem eine Flotte schicker weisser *Calypso*-Lieferwagen mit der gleichen blutroten Firmenaufschrift abgestellt war. Im Auslieferungsbereich wurde eben ein Kleintransporter beladen, die überwiegend jungen Mitarbeiterinnen und Mitarbeiter im modisch-dynamischen, attraktiven Firmendreß arbeiteten ruhig und konzentriert, trotz des Drucks herrschte eine angenehm kollegiale Atmosphäre. "Sieh an, wen haben wir denn da... Sandra, die verlorene Tochter...". Carlo war aus dem Lagerraum gekommen, hatte sich leise hinter Sandra geschlichen und hielt ihr spielerisch beide Hände vor die Augen. Sandra packte seine Handgelenke, drückte sie sachte herunter und drehte sich um. Carlo war das, was man einen schönen Mann nannte, groß, fülliges schwarzes Haar, dunkle, leidenschaftliche Augen und blitzende Zähne. Was ihn davor bewahrte, als Model-Typ belächelt und abgetan zu werden, waren seine feinsinnige Intelligenz, seine erstaunliche Empathiefähigkeit und daß er vollkommen uneitel war. So hatte er *Calypso* mit Beharrlichkeit und dem richtigen Gespür für Stil und Qualität zu einem Betrieb ausgebaut, der sich auch in jeder Großstadt mit der üblichen, verwöhnten Klientel behauptet hätte. "Ich freue mich sehr, dich zu sehen...". Carlos Überschwang machte Sandra verlegen. Sie hatte in den Semesterferien regelmäßig für ihn gejobt, weil sie nirgends in so kurzer Zeit so viel verdienen konnte, und einmal hatten sie eine kurze Affäre. Es war Sandra, die sie beendet hatte, weil sie darin keine Zukunft sah. Carlo hatte reagiert wie ein Gentleman, aber es war offensichtlich, daß es für ihn mehr gewesen war als nur eine Liebelei, seither fühlte sich

Sandra immer in der Defensive. "Ich freue mich auch... ihr habt euch ja ganz schön herausgemacht...". "Die Leute haben Geld, aber keine Zeit und keine Lust einzukaufen und in der Küche zu stehen... das ist unsere Chance...". Sie lächelten sich an, dann warf Carlo rasch einen Blick auf den Kleintransporter, der gerade startklar gemacht wurde, und sah Sandra forschend an. "Sag mal, wolltest du wieder...?" "Ja, ich würde gerne...". Sie lachten, dann wurde Carlo ernst und wand sich ein wenig. "Hör mal, das ist mir jetzt ein bißchen peinlich...". Sandra sah Carlo aufmerksam an. War das jetzt der Hieb, auf den sie immer gewartet hatte? Wollte er ihr etwas verspätet zu verstehen geben, daß sie hier nichts mehr verloren hatte? "Sag nur, du bist hier der Chef...". "Na ja, der Auftrag, der gleich rausgeht... uns fehlt eine Bedienung... hast du Zeit? Könntest du vielleicht...? Es ist wirklich sehr wichtig...". Sandra machte einen Schritt auf Carlo zu und umarmte ihn heftig. "Für dich tu ich alles...". Carlo faßte Sandra am Arm und zog sie mit sich zum Hauptgebäude. "Dann komm, zieh dich um, ich fahre dich mit meinem Auto hin...".

Sebastian wunderte sich, wie leicht er sich in seine neue Aufgabe einlebte. Sonja, rothaarig und zur Fülle neigend, war amüsant und versuchte nicht im geringsten, ihn zu bevormunden. Sie bediente den Service-Teil des Online-Portals, und er durfte Bücher und Filme mit seiner persönlichen Einschätzung vorstellen. Viele Blogger griffen ihn vehement an, andere bedankten sich und fühlten sich bereichert durch seine ungewöhnliche Sichtweise der Dinge. Es war genau das, was Benny von ihm erwartete, eine erhöhte Aufmerksamkeit des Portals durch exklusive Beiträge, die auch außerhalb des Einzugsgebiets des *Tagesspiegel* Leser anzogen und zugleich die Zeitung damit aufwerteten. Beinahe hätte Sebastian vergessen, in welcher Lebenslage er sich befand, doch jedesmal, wenn er das Haus seiner Mutter betrat, fühlte er sich wieder in die Jahre seiner Pubertät zurückversetzt und empfand dasselbe lähmende Unbehagen, denn gegen das Schweigen seiner Mutter, ihre konfliktscheue Bereitschaft, alle seine Launen und Eigenarten zu ertragen und ihn gleichzeitig fast osmotisch in eine bestimmte Richtung zu drängen, was unausgesprochen bedeutete, so wie sie duldsam und ohne Ansprüche durchs Leben zu gehen, fand er immer noch nicht das richtige Mittel. Ein paarmal hatte er versucht, auf Umwegen auf seinen Vater zu sprechen zu kommen, doch seine Mutter schaffte es immer wieder geschickt auszuweichen oder ihm das Gefühl zu vermitteln, ihr Seelenfrieden sei in Gefahr, falls er darauf beharrte. Seine letzte Hoffnung war der Dachboden, vielleicht fand er dort Fotos oder andere Dokumenten aus seinem früheren Leben.

Sandra hätte nicht erwartet, daß die Arbeit bei *Calypso* ihr so viel Spaß machen würde, nicht nur, weil sie jung und attraktiv war und beliebt bei den

Kunden, sondern auch, weil sie gut mit Druck umgehen konnte und kein Auftrag dem anderen glich, außerdem konnte sie eine Rolle spielen, sich selber dabei zuschauen und eine Menge fürs Leben lernen.

Am amüsantesten fand sie Privatparties neureicher Leute, die alles daran setzten, sich weltläufig und modern zu geben, obwohl ihnen das Spießige aus allen Poren troff. Die aufgetakelten Frauen versuchten verzweifelt, auf ihren hochhackigen Schuhen die Balance zu halten und gleichzeitig darauf zu achten, daß ihre raffiniert geschnittenen Kleider nicht verrutschten und sie im Smalltalk nach den ersten Cocktails nicht über ordinäre Witze lachten. Die Männer schwitzten ungeniert in ihren teuren, maßgeschneiderten Anzügen, in denen sie wie kostümiert aussahen, und unterhielten sich nach ein paar Gläsern lärmend über Geschäfte, was hauptsächlich darauf hinauslief, daß sie sich gegenseitig mit roten Köpfen ihre Erfolge unter die Nase rieben, obwohl sie ihren Frauen vorher hoch und heilig versprochen hatten, auch mal über etwas anderes als über ihre eigene Herrlichkeit zu reden. Es blieb natürlich nicht aus, daß im Laufe des Abends der eine oder andere jüngere oder ältere Herr Sandra, die zuvor schon länger intensiv begafft worden war, vor der Küche oder in einem schmalen Durchgang abpaßte und ihr einen Zettel – natürlich ohne Namen, aber mit einer Telefonnummer – zusteckte und mit heiserer Stimme um eine Verabredung bat. Sandra bedankte sich dann immer artig für das Angebot und empfahl dem guten

Mann, auf seinen Blutdruck zu achten. Es tat ihr dann fast leid mitanzusehen, wie der Betreffende – manchmal waren es auch mehrere – von da an krampfhaft versuchte, ihr aus dem Weg zu gehen und seine Wallungen wieder in den Griff zu kriegen. Anstrengender war die Arbeit, wenn für kleine, exklusive Tischgesellschaften gekocht wurde. Alle waren dann höchst angespannt, sowohl die Crew als auch die Gäste. Niemand wollte sich eine Blöße geben, und dann fiel es auch Sandra schwer, in dieser steifen, förmlichen Atmosphäre eine heitere, lockere Haltung zu bewahren. Umso überraschender, wenn sie dann, nachdem alles überstanden war, vom Auftraggeber statt eines schmierigen Zettels mit einer Telefonnummer einen größeren Geldschein heimlich in die Hand gedrückt bekam.

Sebastian wartete geduldig, nachdem seine Mutter zur Arbeit gegangen war, denn sie hatte die Angewohnheit, bisweilen zurückzukehren, weil sie dachte, etwas vergessen zu haben, den Herd abzustellen oder das Schlafzimmerfenster zu schließen, doch insgeheim war es nur deshalb, weil sie das Haus, ihren Kokon, eigentlich gar nicht verlassen wollte.

Der Dachboden war so sauber und aufgeräumt wie das ganze übrige Haus, hier befanden sich nur große, dunkel gebeizte Möbel der Großeltern, die selbst seiner Mutter zu klobig und unwohnlich gewesen waren. Sebastian überprüfte rasch alle Kommoden und Schränke, die teils vollkommen leer oder mit altem, säuberlich gefalteten Leinen gefüllt waren. Nur ein alter, verschnörkelter Schreibtisch mit vielen Schubladen und hohem Aufsatz widersetzte sich seinen Bemühungen und ließ sich nicht öffnen. Sebastian erinnerte sich dunkel, den Schreibtisch im Arbeitszimmer seines Großvaters gesehen zu haben, der ihm einmal ganz stolz einen verborgenen Hebel gezeigt hatte, mit dem man zentral alle Schubladen öffnen konnte. Er kroch unter den Schreibtisch und spürte am Unterboden ein Fach, das auf Knopfdruck aufsprang und den Hebel freigab. Er zog sachte daran und hörte ein Geräusch wie von hölzernen Riegeln, die von einer Feder aus der Arretierung gedrückt werden. Er kroch wieder unter dem Schreibtisch hervor und öffnete vorsichtig die Schubladen, die jetzt keinen Widerstand mehr leisteten. Alte, mit brüchigen Gummibändern zusammengeschnürte Papierbündel befanden sich darin und einige Fotoalben mit kleinen Schnappschlössern aus Messing. Sebastian holte sie alle heraus und legte sie auf den Boden, ihn packte plötzlich das Jagdfieber. Fahrig suchte er nach den Schlüsseln zu den Fotoalben, die unauffindbar waren, dann riß er unbeherrscht die morschen Lederlaschen ab. Viele der Fotos erkannte er wieder, aber er war ja nicht auf der Suche nach sich selbst, deshalb griff er nach dem einzigen sehr viel kleineren Album, das neuer zu sein schien. Die Lederlasche leistete etwas mehr Widerstand, doch er riß auch diese entzwei und schlug das Album auf. Er hatte sich nicht getäuscht. Auch hier wieder Fotos von ihm als Säugling, mit und ohne seine Mutter, dann einige wenige Aufnahmen seiner Mutter, die noch ein Teenager zu sein schien, mit einem Mann, mit dem sie so vertraut war, daß er nur sein Vater sein konnte. Sebastian hielt die Fotos nahe an sein Gesicht, und plötzlich kam ihm ein schrecklicher Verdacht. Er blätterte hastig um, doch die restlichen Seiten waren leer bis auf die letzte Seite, wo ein Zeitungsfoto eingeklebt war, das etwa zehn Jahre alt war und einen Mann zeigte, den er sehr gut kannte: Dr. Eberhard, der "Eisgraue", der gerade zum Vorstandsvorsitzenden ernannt worden war. Er hatte also seinen eigenen Vater erpreßt. Sebastian war wie betäubt, er riß das Zeitungsfoto aus dem Album und eines, das seine Mutter mit dem "Eisgrauen" zeigte, steckte sie ein, warf die Alben wahllos in die Schubladen zurück und verschloß diese wieder mit dem geheimen Hebel. Ihm graute, wieder vom Dachboden hinabzusteigen.

Sandra lag im Bett und blätterte in einer Zeitschrift, noch zu aufgewühlt, um zu schlafen, es war spät geworden und anstrengend gewesen bei einer Privatgesellschaft. Sie hörte die Wohnungstür gehen, und ein leiser Stich vertrieb ihre gute Laune. War das Dino? Wie ein Dieb schlich er sich in die Wohnung, um ihrer Mutter zu Diensten zu sein. Plötzlich überfiel sie die Erinnerung an ihren kläglichen Versuch, sich einen reichen Geliebten zu angeln, der ihre Angst, ihr Leben lang arm zu bleiben, betäuben sollte. Ihre Mutter hatte zwar alles dafür getan, daß es ihr an nichts fehlte, doch wie oft hatte sie sich danach gesehnt, daß zwei starke Arme sie in die Luft hoben und ihr das Gefühl vermittelten, daß nichts in der Welt ihr etwas anhaben konnte. Wenn später ihre Freundinnen in der Schule über ihre Väter schimpften, wie verständnislos und nichtsnutzig sie seien, hörte sie einfach weg und erträumte sich ihre eigene Wirklichkeit.

Sandra legte die Zeitschrift weg und löschte das Leselicht. Sebastian! Lange hatte sie nicht an ihn gedacht, obwohl sie sich anfangs so nahe gewesen waren. Er zog sie an mit seiner Art, die Dinge so intensiv zu sehen, darin waren sie sich ähnlich, aber gerade davor hatte sie Angst. Immer nur beobachten und nichts auf die Reihe kriegen! War das ihre Projektion, oder war er wirklich so? Waren sie beide so? Sandras Atem ging tief und ruhig, sie saß wieder in der Ecke von Sebastians fleckiger Couchgarnitur und sah seinem verzweifelten Bemühen zu, sie trotz des trostlosen, armseligen Ambientes seiner Wohnung zu beeindrucken. Sie sah den fetten Charly die Wohnung betreten und hörte ihn mit öliger, verschlagener Stimme auf Sebastian einreden, der jetzt mit seinen widerborstigen, blonden Haaren am Fenster stand und nicht wußte, wie ihm geschah. Charly griff in seine Manteltasche, holte einen in Zeitungspapier eingewickelten Gegenstand hervor, packte ihn aus und legte ihn auf den Tisch. Dieses Geräusch war es, das Sandra aufweckte. Wo war sie nur? Sie öffnete die Augen einen Spalt, und in dem diffusen Straßenlaternenlicht, das in ihr Zimmer drang, sah sie an der offenen Zimmertür von der Seite her eine Gestalt, die ihr das Gesicht zuwandte und sie beobachtete. Es war offensichtlich ein Mann, der einen Pyjama trug, denn die Hose beulte sich vorne verdächtig aus. Sandra war jetzt hellwach, verspürte erstaunlicherweise jedoch keine Furcht. Ohne sich zu rühren, versuchte sie das Gesicht des Mannes zu erkennen und roch wieder dieses billige Rasierwasser. Jetzt hatte sie keinen Zweifel mehr. Natürlich, es war Dino! Sandra konzentrierte sich und richtete sich blitzschnell auf, doch ebenso blitzartig war die Gestalt verschwunden und die Tür wieder zu. Hatte sie das alles nur geträumt? Sie ging vorsichtig zur Tür und faßte nach der Klinke, die manchmal etwas klemmte und nicht gleich zurückschnellte, nachdem man sie heruntergedrückt hatte. Die Tür war zwar zu, aber nicht geschlossen, und die Klinke hing nach unten, also hatte sie sich das alles nicht eingebildet! Sandra verriegelte die Tür und ging wieder ins Bett. Sie war seltsam ruhig, nur eine vage Traurigkeit ergriff sie. Wurden denn all ihre Träume so grausam zerstört?

Sebastian winkte Sonja zu, die eben geräuschvoll an ihrem Arbeitsplatz ankam und erst den Inhalt ihrer riesigen Handtasche überall verteilte, bevor sie erschöpft in ihren Sessel sank. Jeden Tag bekam er mehr E-Mails, und er verbrachte fast mehr Zeit damit, sie zu beantworten, als seine Blogs zu schreiben. Nicht alle waren geistreich, die meisten wollten sich einfach nur irgendwie bemerkbar machen, und er versuchte dann kurz und mit einem Witz zu kontern, doch manchmal war er erstaunt, wieviel Tiefe sich gelegentlich in Gedanken von Menschen verbarg, die in ihrem Alltagsleben bestimmt kaum gefordert, sondern überwiegend von monotonen Arbeitsabläufen bestimmt wurden.

Eine Mail machte Sebastian besonders neugierig, denn sie kam von einem Verleger, dessen Erstveröffentlichung eines Romans er in höchsten Tönen gelobt hatte. Der junge Autor schilderte sehr anschaulich und in fast angelsächsisch-handlungsreicher Manier den Niedergang einer Beziehung, die sich seitens des Mannes auf reines Besitzdenken und Vermeidung jeglichen Risikos beschränkte, was seine Partnerin trotz des verlockend-sorglosen, hedonistischen Lebensstils nicht mitmachen wollte. Die meisten Kritiker warfen dem Autor vor, er verliere sich zu sehr im Deskriptiven, Vordergründigen, sie vermißten die Ebene des auktorialen Erzählers, der die unverbundenen Fäden zu einem Ganzen flechten sollte. Aber genau das hatte Sebastian gefallen, daß der Autor es gewagt hatte, keine Erklärungen zu liefern und den Leser mit der Beschreibung einer menschlichen Katastrophe allein zu lassen.

Der Verleger bedankte sich bei Sebastian für dessen Mut zu einer klaren Meinung und erkundigte sich nach dessen weiteren Plänen. Er erwähnte fast nebenbei, daß ihn ein langjähriger, verdienter Lektor verlassen werde und er noch keinen gleichwertigen Ersatz in Aussicht habe. Sebastian war wie elektrisiert. War das der Ausweg aus seinem Dilemma? Er sah hinüber zu Sonja, die jetzt eifrig auf ihrem Computer schrieb und immer wieder von einem Apfel abbiß, er sah weiter hinten durch die fleckigen Scheiben, wie Benny durch das Großraumbüro tigerte und auf seine Mitarbeiter einredete, und ihn beschlich ein flaues Gefühl. Konnte er einfach alles stehen und liegen lassen, nach dem, wie er hier aufgenommen worden war? Sebastian wandte sich wieder seiner E-Mail zu und klickte auf "Antworten", er war sicher, Benny würde ihn verstehen.

Als Sandra am Morgen in die Küche kam und den Kaffeeautomaten einschaltete, räumte ihre Mutter gerade ihr Frühstücksgeschirr auf. Sie trug ein dezentes und dennoch figurbetontes Kostüm und sah frisch und ausgeschlafen aus. Von zehn bis vier hatte sie eine entspannte Arbeit in einer Anwaltskanzlei. "Ist deine Bettwurst schon fort?" "Entschuldige, mein Herz, wovon redest du?" "Von Dino, deinem Stecher... gestern nacht stand er plötzlich in meinem Zimmer und begutachtete mich im Schlaf... seine Pyjamahose wölbte sich vorne über etwas, das im

144

rechten Winkel abstand...". Ihre Mutter spannte sich wie eine Katze, die zum Sprung ansetzt. "Und weiter?" "Es hat Spaß gemacht...". Und hastig hinterher, als Sandra das tödlich erschrockene Gesicht ihrer Mutter sah. "Ach Quatsch... als ich mich rührte, um ihn anzubrüllen, zog er den Schwanz ein und verschwand... ich hoffe, bei dir steht er ihm besser...". Die Mutter atmete tief aus, blaß vor Wut und Verärgerung, nahm ihre Handtasche und ging zur Tür, sie wagte Sandra nicht anzusehen. "Nur keine Panik, wir reden heute abend darüber...".

Sandra ließ sich einen schwarzen Kaffee einlaufen und ging hinüber ins Wohnzimmer. Zum ersten Mal hatte sie es ihrer Mutter richtig gegeben, doch sie empfand nur ein schales Gefühl dabei. Es klingelte an der Tür, und Sandras erster Gedanke war, daß ihre Mutter etwas vergessen hatte oder das dringende Bedürfnis empfand, jetzt gleich die Sache mit Dino zu klären, aber es war nur der Postbote, der einen eingeschriebenen Brief abgab und ihr zugleich die übrige Post aushändigte. Sandra sah sie flüchtig durch und blieb am Schreiben einer Bank hängen, das offenkundig Bankauszüge enthielt. Ein plötzliches, unbezähmbares Verlangen ergriff sie, dem Rätsel auf die Spur zu kommen, wie ihre Mutter es schaffte, so offensichtlich über ihre Verhältnisse zu leben, denn sie ahnte, daß es mit dem Geheimnis zusammenhing, wer ihr Vater war. Behutsam löste sie die Verschlußkappe von der Gummierung, die glücklicherweise schon etwas brüchig war. Sie hatte sich nicht getäuscht, der Umschlag enthielt die monatlichen Kontoauszüge. Sie merkte sich, wie die einzelnen Blätter eingesteckt waren und überflog fieberhaft die einzelnen Posten. Die Gehaltszahlung war zwar höher als sie erwartet hatte für die sechs Stunden Arbeit pro Tag, doch niemals ausreichend für die Ausgaben, die dem gegenüberstanden. Und dann fand sie, was sie sich erhofft hatte, auch wenn das Rätsel damit noch nicht gelöst war, einen Dauerauftrag auf monatliche Zahlungen in Höhe von 5.000 Euro lautend, veranlaßt von einer Stiftung, die sich *IronShield* nannte. Sandra atmete tief durch, scannte das Blatt mit dem Dauerauftrag, steckte die Bankbelege wieder in den Umschlag zurück, drückte die Verschlußkappe auf die Gummierung und fuhr mit dem Fingernagel so oft darüber, bis sie wieder glatt anlag. *IronShield* – sie war jetzt ganz sicher, wenn sie herausfand, wer hinter dieser Stiftung steckte, würde sie endlich wissen, wer ihr Vater war.

Sebastian hatte sich viel Mühe gegeben mit dem Essen, es gab Kalbsrollbraten mit Zuckerschoten und Reis, alles nicht zu stark gewürzt, er kannte seine Mutter. Dazu hatte er in einer Weinhandlung einen *Oeil de Perdrix* gefunden, einen trockenen, fruchtigen Rosé, von dem vielleicht auch seine Mutter ein Schlückchen trank. Der Tisch war gedeckt, nicht übertrieben, nur zwei Kerzen, auch darin kannte er seine Mutter.

Sie schaute auch gleich mißtrauisch, als sie nach Hause kam, aber irgendwie auch geschmeichelt. Sie legte sich erst eine Weile hin und machte sich dann zurecht, als erwarteten sie Gäste, zum Zeichen, daß sie Sebastians Geste durchaus zu würdigen wußte. Eine gewisse Anspannung wich jedoch nie von ihr, denn sie ahnte, daß dieses Essen einen bestimmten Anlaß hatte, der für sie nicht unbedingt erfreulich sein mußte. Sebastian servierte und schenkte ihr einen Schluck Wein ein. Sie stieß mit ihm an, trank einen Schluck und ließ das Glas dann stehen. Sebastian erzählte erst ein wenig von seiner Arbeit und der Chance, als Lektor zu arbeiten, die sich ihm überraschend bot. An der Reaktion seiner Mutter merkte er, daß sie ihre Hoffnung, daß er vielleicht für immer zurückgekehrt sein könnte, stillschweigend aufgegeben hatte, sie schien überrascht und einfach nur erleichtert, daß er endlich in ruhigeres Fahrwasser kam, vielleicht war sie auch dankbar dafür, daß er nicht wieder in alten Wunden bohrte. Sebastian trank einen Schluck, und ihm kamen plötzlich Zweifel, ob es eine gute Idee war, seine Mutter jetzt mit seinem Fund auf dem Dachboden zu konfrontieren. Aber wenn nicht jetzt, wann dann? Sie konnte ihn doch nicht ihr Leben lang mit Schweigen bestrafen, nur weil sie die Trennung von seinem Vater offenbar als etwas Traumatisches erlebt hatte.

Seine Mutter legte das Besteck weg und tupfte sich mit der Serviette den Mund ab, gleich würde sie aufstehen und sich im Fernsehen die Nachrichten anschauen. Sebastian fühlte sich überrumpelt, griff hektisch in seine Brusttasche und legte ihr wortlos die beiden Fotos neben den Teller. Lange und bewegungslos sah sie darauf nieder, als erblickte sie einen Geist, von dem sie gehofft hatte, ihn für immer aus ihrem Bewußtsein verbannt zu haben. Ein Zittern durchlief ihren Körper, das immer stärker wurde und sich zu einem richtigen Beben ausweitete. Sie stand abrupt auf und ging mit steifen, kleinen Schritten ins Wohnzimmer hinüber, setzte sich ganz ans Ende des Sofas, wandte den Kopf ab und preßte mit der rechten Hand ein Taschentuch gegen das Gesicht, als könnte sie damit die Tränen zurückhalten, die ihr mit Macht in die Augen stiegen. Erschrocken und beschämt schlich Sebastian ihr nach und setzte sich still neben sie. Die Tränen flossen jetzt ungehemmt, aber immer noch gegen ihren Widerstand, der ganze Körper schüttelte sich wie in einem spastischen Anfall. Sachte faßte er nach ihrer freien Hand, doch sie entzog sich ihm heftig, schlug beinahe nach ihm. Er ließ sie gewähren, und als sie ruhiger wurde, aber immer noch ihr Gesicht abwandte, suchte sie seine Hand und ließ sie dort ruhen. Die Tränen versiegten allmählich, Sebastian zog seine Mutter an sich, und zu seiner Überraschung warf sie sich, den Kopf gesenkt und mit geschlossenen Augen, plötzlich und unverhofft in seine Arme. Es war für beide, die auf dem Sofa nebeneinander saßen, eine unbequeme Stellung, doch Sebastian, der sich nicht erinnern konnte, wann er seine Mutter zum letzten Mal umarmt hatte – oder sie ihn – hielt sie ruhig fest, bis auch das letzte Zucken aus ihrem Körper gewichen war.

Als Sandra die E-Mail öffnete, die ihr auf ihre Anfrage ein Jura-Student geschickt hatte, mit dem sie befreundet war, erlitt sie einen kleinen Schock. Sie hatte alles mögliche erwartet, aber das bestimmt nicht. Als Vorstand der Stiftung *IronShield* fungierte der Teilhaber einer renommierten Liechtensteiner Anwaltskanzlei, doch er war nur das Aushängeschild, die Anweisungen gab der Vorstandsvorsitzende einer DAX-Firma, die in den letzten Jahren rasant expandiert hatte: Dr. Eberhard, ihr Ex-"Verlobter" und allem Anschein nach ihr Vater.

3

Es war einer dieser warmen, gleißend hellen Vorfrühlingstage, die den Menschen das Herz öffnen und ihnen die Gewißheit geben, daß sich das Leben bald wieder machtvoll erneuern würde, auch wenn es eigentlich nur der Föhn war, der diesen rauschhaften Zustand erzeugte.

Sebastian lag unbequem auf dem Rücken, als der Wecker losging, er war wohl mittendrin beim Herumwälzen von einer Seite zur anderen wieder eingeschlafen. Das erbarmungslose Gejaule durchzuckte ihn wie ein elektrischer Schlag, blindlings tastete er nach dem Wecker und machte ihn mit einem Fausthieb aus. Eine Klappe sprang auf, und die Batterie rollte auf den Boden. Sebastian haßte es, auf diese Weise geweckt zu werden. Wenn er nicht von selbst aufwachte, hatte er immer das Gefühl, einen wichtigen Teil der Botschaft zu verpassen, die ihm der Schlaf für den neuen Tag mitgeben wollte. Mißmutig rollte er von der Matratze herunter und stand auf, dann fiel ihm wieder ein, warum er den Wecker gestellt hatte, heute stand ja der Umzug in die neue Wohnung an! Etwas besänftigt absolvierte er sein Muskeltraining, das er jetzt jeden Tag konsequent durchzog, duschte ausgiebig und zog seine Arbeitsklamotten an. Die Kraft der grell leuchtenden Sonne vermochte selbst seiner alten, wintergrauen Wohnung etwas Glanz zu verleihen.

Die Sonne hatte ihren höchsten Punkt bereits überschritten, als er den alten, verschlissenen Perserteppich zusammenrollte, den letzten verbliebenen Gegenstand in seiner alten Wohnung, die jetzt kahl und unwirtlich aussah, als hätte nie jemand darin gewohnt, und ihn in dem Kastenwagen verstaute, den er für den Umzug gemietet hatte. Viel war es nicht, was ihm gehörte, und bis auf den Teppich auch nichts von irgendwelchem Wert, doch er hatte alles, was er brauchte. Sebastian schloß die Tür ab und warf durch das Schaufenster einen letzten Blick in den Laden, der mit seiner unaufgeräumten Leere einen trostlosen Anblick bot. Er schob den Schlüssel in die Manteltasche, und als er sich umdrehte, sah er, wie Sandras kleines Auto auf den Bürgersteig rumpelte und hinter dem Kastenwagen zum Stehen kam. Sandra stieg nicht gleich aus, sie wartete, bis Sebastian direkt vor ihrem Auto stand. Sie sahen sich lange an, überrascht, wie wirklich sie waren, und mit einem Gefühl, als ob sich endlich alles zusammenfügte, dann faßten sie sich spielerisch an beiden Händen. "Verläßt du die Stadt?" "Nein, ich ziehe nur um, den Weinhandel habe ich aufgegeben..." Sandra warf einen flüchtigen Blick auf den kleinen Kastenwagen und das Ladenfenster, das keine Aufschrift mehr trug. "Soll ich dir beim Einräumen helfen?" Und mit liebevollem Spott: "Viel ist es ja nicht..." Sebastian mußte lächeln, vor Wochen wäre er vor Scham noch im Boden versunken ob dieser Bemerkung, jetzt war sie Teil eines Spiels, auf das er sich freute. "Wenn dich der Weinfleck auf der Couch nicht stört, er gehört noch zu meinem alten Leben..."

Es war noch alles ungewohnt in der neuen Wohnung, doch die große, schwere Matratze lag auch hier ohne Rahmen auf dem Boden. Sandra und Sebastian lagen entspannt und ruhig atmend unter ihren Decken, jeder für sich und dennoch auf eine Weise einander zugewandt, als hätten sie sich eben noch unterhalten.

Sebastians Augenlider zuckten, dann schreckte er plötzlich hoch. Verwirrt sah er um sich, dann stand er leise auf, griff nach seinem Bademantel und schlich leise in die Küche. Er griff nach einem Glas und füllte es geräuschlos mit kaltem Wasser. Er trank einen Schluck und sah sich um, wie jemand, der sich in seiner neuen Umgebung erst zurechtfinden muß, dann blieb sein Blick auf dem Küchentisch haften. Ein Blatt Papier lag dort und drei Kugelschreiber, die so angeordnet waren, daß sie einen Pfeil bildeten, der auf eine bestimmte Stelle zeigte. Neugierig trat Sebastian näher, und bevor er sich das Papier genauer ansah, zündete er die drei Kerzen an, die in einem silbernen Halter standen. Er setzte sich und hielt das Blatt etwas näher ans Licht. Es war der Kontoauszug von Sandras Mutter, auf dem der monatliche Zahlungseingang der Stiftung *IronShield* vermerkt war, mit Sandras handschriftlicher Ergänzung des eigentlichen Inhabers: Dr. Eberhard. Sebastian ließ das Blatt sinken und lehnte sich zurück. Er war plötzlich hellwach, sah erregt um sich und hielt sich den Kontoauszug erneut vor die Augen.

Unbemerkt von ihm war Sandra in die Küche getreten, die Bettdecke um die Schultern gehüllt und setzte sich ihm gegenüber auf einen Stuhl. Sie lächelte, ein wenig besorgt vielleicht, und sah Sebastian forschend ins Gesicht. "Ich kann es nicht fassen...

verstehe ich das richtig?" "Ja, er ist mein Vater..." Sebastian stand abrupt auf, sodaß Sandra zusammenfuhr, doch er beschwichtigte sie mit einer Geste. Er ging zu seinem Mantel, holte seine Brieftasche hervor, entnahm ihr das Foto, das er von seiner Mutter hatte, zusammen mit der Abbildung aus der Zeitung, legte beides vor Sandra auf den Tisch und setzte sich wieder. Sandra starrte lange auf die beiden Fotos, hob langsam den Kopf und sah Sebastian ungläubig an. "Dann sind wir beide...?" "Sieht ganz danach aus..." In dem schwachen, unruhigen Kerzenlicht, in dem ihre Augen im Dunkeln lagen, gingen ihre Blicke hin und her, ängstlich und verwirrt, dann kam aus Sebastians Mund auf einmal ein leises, seltsames Geräusch, halb Keuchen und halb Lachen, sein ganzer Körper schüttelte sich, er stand langsam, wie betrunken auf, ging um den Tisch herum, faßte Sandra behutsam an einer Hand, zog sie zu sich hoch, umarmte sie heftig, löste sich halb von ihr, blies die Kerzen aus zog sie hinter sich her ins Bett.

Sie lagen wieder unter den Decken, einander zugewandt wie zuvor, nur daß sie sich jetzt in der Dunkelheit ansahen und sanft streichelnd berührten. Sebastian war wieder ganz ruhig, und auch Sandra war völlig entspannt. "Seltsam, es macht mir überhaupt nichts aus..." "Mir geht es genau so... als hätte sich etwas gelöst..." "Als ich in seiner Villa über dich stolperte, hat sich das wie ein Feuer in mich eingebrannt... ich fühlte mich dir verbunden wie das Wolfspaar in Aitmatovs *Der Richtplatz*... ganz atavistisch... nur waren wir damals beide noch nicht soweit..." "Und jetzt?" "Ich muß daran denken, daß wir keine Kinder haben werden und auch kaum Freunde, wir werden ziemlich allein sein...". "Ja...". "Bist du wirklich dazu bereit? Du bist jung, du bist frei, noch kannst du gehen, wohin du willst..." Sebastian spürte, wie Sandra näher rückte, dann hörte er ihr Flüstern an seinem Ohr. "Die Menschheit ist kläglich gescheitert und wird bald zugrundegehen... was also sollte ich vermissen? Wir werden uns vollkommen genügen und gemeinsam alles erdulden, was immer auch geschieht..." Ein leises Glücksgefühl durchströmte Sebastian, er schob sich behutsam näher an Sandra heran und umschlang sie, wie sie ihn umschlang. Er fühlte sich plötzlich stark, gleichzeitig beschützend und geborgen. Sie würden ewig leben oder nur noch einen Tag. Es spielte keine Rolle mehr.

Sebastian saß in dem Sessel am Fenster und las in dem Roman, den er sich schon lange vorgenommen hatte, *Wildnis des Lebens*. Sandra hatte sich auf dem Sofa ausgebreitet, mit untergeschlagenen Beinen machte sie sich in einem großen Schreibblock Notizen für ein Referat, um sie herum Bücher, Bildbände, Zeitschriften und auf dem Boden mißlungene, ärgerlich zerknüllte Entwürfe. Sie war voll konzentriert, ein Büschel ihrer schwarzen Haare hing ihr ins Gesicht, die dunklen Augen wanderten unablässig umher in ihrem blassen Gesicht, manchmal flüsterte sie ein paar unverständliche Worte. Sebastian ließ das Buch sinken und betrachtete sinnend das friedliche Bild, diese junge, blühende Frau, wie sie sich mit äußerster Hingabe mit der Frage abmühte, ab wann in der Porträtmalerei der individualistische Ausdruck zu überwiegen begann, und plötzlich löste sich ihre ganze Erscheinung wie ein Abziehbild von ihr, bewegte sich langsam auf ihn zu, ihre duftig-erregende, warme, lebendige Weiblichkeit, schwebte näher und näher an ihn heran und durch ihn hindurch, bis sie vollständig mit seinem Inneren verschmolz. Sandra spürte seinen Blick, schaute auf und sah ihn fragend an. "Was ist, warum lächelst du?" "Nichts, mach ruhig weiter, ich seh' dir nur zu..."

DAS BLOCKHAUS

Ein unnatürlicher Glanz lag über der Landschaft, und es war drückend heiß in dieser Sommernacht, als hätte eine riesenhafte Supernova sämtliche Sterne verschlungen und schickte jetzt durch das löchrige, pechschwarze Firmament millionenfach ihre sengenden Strahlen auf die Erde hinab, als der dunkelblaue Maserati Quattroporte auf die Autobahn auffuhr. Das heisere Röhren bei der Beschleunigung wich schnell einem leisen Summen, als der Wagen mit zweihundert Stundenkilometern dahinglitt. Tim spürte die Wucht der Maschine und öffnete seinen Mund weit und stumm wie zu einem Schrei. Auf dem Monitor die *Slipknots*, ihre Musik dröhnte durch das Cockpit. Tim fuhr mit aufgeblendeten Scheinwerfern, das aufgeregte Geblinke des Gegenverkehrs ignorierend. Seine Augen waren weit aufgerissen, und trotz der künstlichen Kraft der Drogen, die in seinem Blut zirkulierten, die nie zu betäubende Frage, was das sollte, was er hier machte, was das überhaupt alles sollte. Tim schaltete die Musik aus, nahm den Fuß vom Gaspedal und fuhr die nächste Ausfahrt runter.

Der Maserati schlich suchend über den Parkplatz der Disco *No Future*. Die Leuchtreklame zeigte im Fünf-Sekunden-Takt einen startenden Düsen-Jet, der kurz nach dem Abheben explodiert. Tim parkte ganz hinten quer über zwei Stellplätze. Hinter seiner Stirn wuchs die Müdigkeit, doch er achtete nicht darauf, auch nicht auf die beiden Gestalten in einem mausgrauen Skoda Octavia ganz in der Nähe, die sich tief in ihre Sitze drückten.

Die Disco war voll, wie immer, die aufgestylten Frauen bewegten sich auf dem rotierenden Rund, als würden sie nur für sich tanzen, ganz in sich versunken, als wüßten sie nicht, daß sie aus dem Dunkeln von Männern angestarrt wurden, die alles dafür geben würden, eine von ihnen ins Bett zu kriegen oder wenigstens ihren Duft zu atmen. Tim lehnte an einem Tisch am Rande der rotierenden Tanzfläche, seinem Lieblingsplatz, einen Saft in der Hand, zwar unter Menschen, aber ohne Gefahr, vereinnahmt zu werden, und beobachtete die Frauen, die sich damit amüsierten, all die Schattenmänner verrückt zu machen, mochte auch die eine oder andere damit spekulieren, unter den ganzen Blindgängern einen Versorger fürs Leben zu finden. Nur eine Frau bewegte sich anders als die anderen, und auch ihr Outfit, ein teures, aber viel zu konventionelles Markenkleid, wirkte deplaciert. Sie war nicht dünn und ausgehungert wie die "Habituées", sondern dunkel und üppig, und sie schaute um sich, als ob sie jemand suchte oder fürchtete, entdeckt zu werden. Für einen kurzen Augenblick schien ihr Blick auf Tim zu ruhen, was aber kaum sein konnte, da nur Tims Hände mit dem Saftglas halbwegs im Licht zu sehen waren. Doch

Tim fühlte sich angesprochen, die Augen der Frau versetzten ihm einen Stich in die Seele, ein bisher kaum berührter Ort. Tim setzte das Saftglas auf dem Tisch ab, an den er sich lehnte, bewegte sich ungeschickt auf die rotierende Tanzfläche und auf die Frau zu, die noch immer lauernd um sich schaute und versuchte, sich unsichtbar zu machen. In Tims Schädel pulste bereits der Entzug, als er sie ansprach. "Suchst du mich?" Die junge Frau schnappte nach Luft und antwortete aufgeregt auf russisch, bevor sie sich auf deutsch um ein paar Worte bemühte. "Nein, nein, bin nicht allein hier, bitte gehen schnell..." Tim lächelte und sprach stockend auf russisch auf sie ein, er sagte, daß er sie schon lange beobachte, daß sie ihn angezogen habe wie ein Magnet und daß er nicht mehr von ihrer Seite weichen werde. Die junge Frau starrte Tim an wie eine Erscheinung. "Du sein von *Marienheim*?" Tim zog die Schultern hoch und schüttelte verständlislos den Kopf, die junge Frau starrte ihn prüfend an und zerrte ihn hastig von der Tanzfläche.

Der Maserati fuhr scheinbar ziellos durch die helle Nacht, Tim und die junge Frau, "ich sein Tanja", warfen sich hin und wieder prüfende Blicke zu, dann fuhr Tim plötzlich an den Straßenrand, sodaß der mausgraue Skoda Octavia beinahe auf ihn auffuhr und dann zögernd vorbei glitt. Tim ließ den Motor laufen und faßte Tanja sachte am Arm. "Was hast du vor? Wo willst du hin?" Tanja sah mit wilden Augen um sich. "Ich nicht wissen, wohin." Und dann, mit plötzlichem Mißtrauen. "Woher du so gut russisch?" Tims Puls pochte, er hätte einen Aufheller gebrauchen können, gleichzeitig spürte er, wie die junge Frau, Tanja, ihn mit ihrer Wärme überstrahlte. "Mein Großvater kam mit der Roten Armee nach Berlin..." Tanja lehnte sich erleichtert im Beifahrersitz zurück. "Kann ich schlafen bei dir?" Tim sah in das aufgewühlte Gesicht der jungen Frau, nahm aber gleichzeitig auch ihren üppigen Körper wahr. "Es ist dein Risiko..."

Tims glasverkleideter Loft erstrahlte im fahlen Licht der außergewöhnlich hellen Nacht, als sich Tanja in seinem Bademantel im Wohnzimmer neben ihn setzte. Während sich Tanja im Bad frisch machte, hatte sich Tim vorsichtshalber einen kleinen Sniff genehmigt, jetzt kämpfte seine natürliche Müdigkeit gegen die neuerwachte Erregung an. Tanja fuhr Tim mit großer Geste über das struppige Haar. "Du sein so süß... ich nicht glauben, daß du schlechter Mensch..." Tim roch sein eigenes Rasierwasser, mit dem sich Tanja offensichtlich eingesprüht hatte, und drückte seine Lippen spontan auf ihren Mund. Tanja lehnte sich zurück und erwiderte seinen Kuß auf eine Weise, die ihm die Luft nahm. Kurze Zeit später lagen sie in seinem Bett, Tanja saß auf ihm und saugte mit sanften Bewegungen alles aus ihm heraus, was er seit langem zurückgehalten hatte.

Tim betrachtete sich im bodenlangen Spiegel in seinem Bad, seine weiße, leinene Sommerhose, sein weißes Leinenhemd, seine halbhohen weißen Sneakers, kämmte sich die Haare mit beiden Händen nach hinten und schaute sich im Spiegel genau an. Wie immer sah er jung und dynamisch aus, nur heute war ein Schatten um seine Augen, der bedrohlich wirkte. Tim zögerte, dann zog er sich einen kleinen Sniff in die Nase. Er ging zurück ins Schlafzimmer, wo Tanja noch immer schlief. Sie lag auf dem Bauch, ein Arm hing über das Bettgestell herunter, ihr Rücken, zugleich zart und muskulös, war abgedeckt, ihr Schlaf tief und schwer. Tim beugte sich zu ihr nieder, unschlüssig, ob er sie wecken oder weiterschlafen lassen sollte. Im gleichen Augenblick schreckte Tanja hoch und starrte Tim an wie einen Feind. "Nein, nein, du mir nichts tun... ich rufe Polizei..." Tim setzte sich sachte aufs Bett und faßte Tanja am Arm. "Tanja, ich bin's, Tim, ich tu dir nichts..." Tanja richtete sich auf und schlang instinktiv das Bettlaken um ihre Brust. "Tut mir leid, schlechte Träume..." Tim legte sanft seine Hand auf ihre Wange. "Ich muß los, Geschäfte..." "Kann ich hier bleiben?" "Klar... aber wenn ich zurückkomme, müssen wir reden, okay? Ich hab' leider keinen zweiten Schlüssel..." Tanja warf das Bettlaken von sich. "Ich auf dich warten..."

160

Tim parkte seinen Maserati in der Tiefgarage und glitt in dem gläsernen Aufzug nach oben. Die Aufzugstür öffnete sich, und ein großer, ungeschlachter Mensch in einem zerknitterten Anzug stürzte auf Tim zu. "Tim? Tim Leramow? Ich bin Ralf Berger, der technische Beauftragte der Firma..." Tim faßte nach seinem Metallkoffer. "Dann zeigen Sie mir doch mal das 'corpus delicti'..."

Der Computerraum erstrahlte in einem bläulichen Licht, und ein aufwendiges Lüftungssystem hauchte fast geräuschlos frische Luft in den Kellerraum. Vier große, säulenartige, untereinander vernetzte Rechner bildeten das Gehirn der Anlage. Ralf Berger lehnte sich gegen das Schleusentor, das sich eben zischend geschlossen hatte. "Seit zwei Tagen werden die Daten intern nur noch verstümmelt weitergegeben, zwei Experten konnten die Ursachen nicht finden..." Tim öffnete seinen Koffer, brachte an allen vier Computern winzige Sensoren an, streifte sich Kopfhörer über und aktivierte seinen Laptop. Wie bei einem Hologramm flimmerten sämtliche Verbindungen lindgrün wie blattlose Bäume auf dem Bildschirm, bis auf eine einzige Einheit, die blutrot blinkte. Tim streifte die Kopfhörer ab und sammelte seine Sensoren wieder ein. "Sie haben Glück, es ist nur eine kleine, defekte Steuereinheit..." Tim öffnete die Abdeckung an der dritten Säule, riß eine Platine aus der Verankerung und hielt sie Ralf Berger unter die Nase. "Das ist chinesischer Scheißdreck, installieren Sie ein einheimisches Produkt, und Sie sind mindestens zehn Jahre auf der sicheren Seite..."

Sie saßen auf der Terrasse eines Restaurants direkt über dem See. Tanja zupfte diskret an ihrem Kleid, das ihr Tim geschenkt hatte, um den Stoff an ihrem üppigen Busen zusammenzuraffen. Tim betrachtete sie stolz und begeistert. "Du siehst fantastisch aus, ich hoffe nur, daß du jetzt nicht mit anderen Männern flirtest...". Tanja griff nach Messer und Gabel und schob sich elegant ein Stück Saibling in den Mund. Tim ließ sich in die Lehne seines Stuhls zurückfallen und lächelte Tanja an. "Wo hast du das bloß gelernt... diese Eleganz, dein ganzes geschmeidiges Benehmen...". Tanja legte Messer und Gabel hin und funkelte Tim an. "Willst du wissen, was ist, oder willst du nur Frau zum Bumsen?" Tim nahm einen Schluck aus seinem Weinglas und rutschte in seinem Stuhl wieder nach vorne. "Ich kenne mich nur mit Computern aus..." Tanjas Augen weiteten sich, und sie fiel ins Russische zurück. "Ich bin achtzehn Jahre alt, meine Eltern sind sehr arm und haben mich für viel Geld ins *Marienheim* abgeschoben..." Tim beugte sich vor. "Du bist aus einem *Heim* abgehauen?" Tanja lächelte. "Kein *Heim*, sondern ein Internat, wo junge Frauen zur Ehe mit erfolgreichen Männern abgerichtet werden, die sehr viel dafür bezahlen, in ihrer Karriere nicht gestört zu werden..." Tim schüttelte irritiert den Kopf. "Das glaub' ich einfach nicht..." "Du glaubst es nicht? Übermorgen sollte ich dem Mann zugeführt werden, der mich gekauft hat und mich heiraten will... ganz romantisch im einzigen, extra dafür umgebauten Blockhaus am Aichsee... wir Mädchen nennen es das 'Bockshaus'..." Tim starrte Tanja ungläubig an. "Ist das dein Ernst? Mit dreizehn verbrachte ich mit meinen Eltern den Sommer in diesem Haus... gehörte einem Freund meines Vaters..." Bevor Tanja antworten konnte, klingelte Tims Handy. "Hallo? Papa!" Tim sah Tanja an, deutete auf das Handy und schüttelte belustigt den Kopf. "Ist gerade nicht so günstig... morgen?... okay, ja, das geht..." Tim unterbrach die Verbindung. "Mein Vater... scheint irgendein Problem zu haben... ich werde ihn morgen besuchen... begleitest du mich?" Tanjas Gesicht nahm einen flehenden Ausdruck an. "Sehr gern würde ich... aber ist nicht so gut, zu viele Menschen mich sehen..." Tim nickte ernsthaft. "Daran habe ich nicht gedacht, aber mein Vater bedeutet keine Gefahr für dich..." Tim griff nach Tanjas Hand und drückte sie fest. Sie sahen sich in die Augen, als loteten sie die Tiefe ihrer Seelen aus, und ein lustvolles Gefallen aneinander erfüllte sie. Die beiden Männer ein paar Tische weiter, einer davon ein großer, kahler Kerl mit spärlichen, fettigen Haarfransen am Hinterkopf, beugten sich schweigend über ihr Essen und bemühten sich gleichzeitig, den Tisch mit Tanja und Tim nicht aus den Augen zu verlieren.

Immer, wenn Tim seinen Vater besuchte, verpaßte er die Einfahrt zu dem unkrautüberwucherten Pfad, der zu dem merkwürdigen Gartenhaus führte, in dem er wohnte. Ursprünglich nur für Gartengeräte und als Unterkunft für den Gärtner gedacht, der sich um das Anwesen kümmerte, hatte man die Remise im Lauf der Jahre zu einem Gästehaus ausgebaut, das in seiner Form an einen aufgequollenen Pilz erinnerte und überhaupt nicht zu dem majestätischen Herrenhaus aus der Gründerzeit paßte, das in gebührendem Abstand thronte. Doch da die Besitzer im Laufe der Zeit verarmten, hatten sie das Gästehaus für gutes Geld an Tims Vater vermietet. Tim nahm seinen Fuß vom Gas, setzte zurück, bog in den schmalen Fußweg ein und ließ sein Auto unter der riesigen Eiche ausrollen, die das Gästehaus zu bewachen schien. Tim sah Tanja an, die auf dem Beifahrersitz saß, und streichelte ihr über die Haare. "Dann wollen wir mal". Tim sah in Tanjas zweifelndes Gesicht und tätschelte ihre Hand. "Sag meinem Vater guten Tag, dann kannst Du ja hier draußen auf mich warten..." Tim und Tanja stiegen gleichzeitig aus. Tim erblickte auf dem Rasen vor dem Haus einen Liegestuhl, in dem sich eine Gestalt vollkommen reglos der Sonne hingab. Tim erkannte seinen Vater, und es kam ihm so vor, als ob er nicht wie jeder andere Mensch, der in der Sonne lag, die Energie aufnahm, die von ihr ausging, sondern sie auf mysteriöse Weise in den Kosmos zurückstrahlte. Und wie immer, wenn Tim seinen Vater für eine Weile nicht gesehen hatte, wurde ihm etwas flau im Magen angesichts dieses drahtigen Mannes, der nicht sehr groß war, aber für seine fünfundsechzig Jahre eine Kraft ausstrahlte, die fast unheimlich war. Er war der Sohn eines russischen Rotarmisten, Oleg Leramow, der an der Befreiung Berlins teilgenommen und als eingefleischter Monarchist die Gelegenheit wahrgenommen hatte, in den französischen Sektor zu fliehen, weg von den Kommunisten. Dort heiratete er eine verarmte, kleinadelige Exilrussin, nannte seinen Sohn, sein einziges Kind Nikolaus, nach dem letzten russischen Zaren, und brachte es als tüchtiger Zimmermann zu bescheidenem Wohlstand. Nikolaus wuchs mit allen Freiheiten auf und wurde zum Stolz seines Vaters Professor für russische Literatur, doch sein Drogenkonsum, inspiriert von dem von ihm bewunderten Timothy O'Leary, dem Tim seinen Vornamen verdankte, hatte ihm die fristlose Kündigung eingebracht, obwohl er nie auffällig geworden war, aber mit seinen Studenten öffentlich über seine Experimente debattierte. Sein Vater hatte die Entlassung klaglos hingenommen, was Tim nie verstanden hatte. Jetzt wohnte er weitab vom großen Trubel irgendwo in der Provinz und schien immer mehr aufzublühen, auch wenn Tim nicht wußte, was er den ganzen Tag trieb und wovon er lebte. Insgeheim fürchtete er, daß einige seiner Einkünfte illegal waren. Tims Vater hörte ihn näherkommen, drehte den Kopf, stand auf und umarmte innig seinen Sohn. Er roch etwas säuerlich, aber nicht unangenehm nach frischem Schweiß, er war grau geworden, und die Haare waren kürzer, aber diese gerade Haltung, selbst jetzt in der ausgebleichten Unterhose, dieser ruhige, lächelnde, forschende, aber niemals verächtliche Blick aus seinen blauen Augen verwirrten Tim auch jetzt wieder. Tim fragte sich zum hundertsten Mal, wie ein Mann mit dieser emotionalen Intensität kampflos seine heißgeliebte Arbeit hatte aufgeben und seine Mutter gehenlassen können. Seine Eltern hatten sich an der Uni kennengelernt, da war sein Vater schon Professor und seine Mutter, auch sie eine Exilrussin, gerade achtzehn geworden, es war ein klassischer *Coup de foudre,* und entgegen der Zeitströmung heirateten sie auf der Stelle. Seine Mutter war schon im ersten Semester schwanger mit Tim, schaffte aber mühelos ihr Studium, ohne ihn zu vernachlässigen. Sie war jedoch eine zu starke Persönlichkeit, als daß sie sich mit der Rolle der Professorengattin hätte zufrieden geben können, auch für die Drogengeschichten ihres Mannes hatte sie wenig Verständnis, und so trennten sie sich, als Tim fünfzehn war, danach hatte er bei seiner Mutter gelebt. Sein Vater war sehr unglücklich gewesen über die Scheidung, doch er hatte begriffen, daß seine introvertierte, monomanische, weltabgwandte Art zu leben für Tims Mutter auf die Dauer eine zu große Zumutung darstellte. Wie nahe sie ihm aber immer noch war, konnte man daran ersehen, daß er nie mehr geheiratet hatte. Tims Mutter, eine große, üppige Blondine, eher sinnlich als leidenschaftlich, die fast ausschließlich goldfadendurchwirkte Kleidung trug und auf Männer wie das Versprechen auf eine hemmungslose Orgie wirkte, hatte einen reichen Industriellen geheiratet und sich als studierte Kunsthistorikerin endlich verwirklichen können, indem sie dessen Villa vor allem mit sakralen Gemälden ihrer russischen Heimat stilsicher in ein Kunstwerk verwandelte, was die örtliche Prominenz in Entzücken versetzte und den Ehemann zumindest vorübergehend für die ausbleibenden Orgien entschädigte. Wenn sie jedoch in Stimmung war, fühlte er sich meist überfordert und war froh, Geschäfte vorschützen zu können. Ihren Sohn hatte sie mit der überwältigenden Weiblichkeit, die ihr eigen war, aufgezogen, umhegt und bekocht, ohne ihn je zu verzärteln. Noch jetzt verließ Tim ihr Haus nie ohne ein Gefühl wohliger Schlaffheit und Sättigung, wie nach einer ausgiebigen, intensiven Ganzkörpermassage, wenn er sie und seinen Stiefvater besucht hatte. Tims Vater streifte sich das alte Hemd über, das er ins Gras geworfen hatte, schlüpfte in seine verwaschenen Segeltuchschuhe und musterte mit wachen Augen Tanja, die langsam näher kam. "Papa, das ist Tanja... Tanja, mein Vater..." Tims Vater reichte Tanja die Hand, und in seine Augen trat kurz ein Ausdruck, als ob etwas an ihrer Erscheinung ihn erschreckte, dann lächelte er wieder. Tim war die kurze Irritation seines Vaters nicht entgangen. "Freue mich sehr, Sie kennenzulernen..." "Ganz meinerseits..." "Aber will nicht stören Gespräch mit Ihrem Sohn..." "Das dauert nur kurz... aber vielleicht bleiben Sie zum Essen?" Tim legte seine Hand auf die Schulter seines Vaters und schob ihn sanft aufs Haus zu. "Komm, Papa... nicht alle mögen deine Rote-Beete-Suppe...", und, sich zu Tanja zurückwendend "hier, der Autoschlüssel... falls du etwas aus dem Wagen brauchst." Tim warf Tanja den Autoschlüssel zu, den sie geschickt auffing, drehte sich wieder zu seinem Vater um und senkte seine Stimme. "Was war das eben, du hast sie so seltsam angeschaut..." Tims Vater lachte still in sich hinein und knuffte seinen Sohn sanft in die Seite. "Sie ist eine außergewöhnlich attraktive junge Frau, das ist alles..." Tim sah seinen Vater zweifelnd an und ging mit ihm weiter auf das Haus zu. "Hast du deine Mutter letzthin besucht?" "Ja... vor vierzehn Tagen... sie hat endlich ihren Rubljow bekommen, jetzt ist ihre Sammlung komplett... erstaunlich, daß die Villa nicht wie ein Museum wirkt, obwohl überall ausschließlich russisch-sakrale Malerei hängt... im Gegenteil, die Goldtöne der Gemälde haben sogar etwas Wärmendes, Beruhigendes... wie ein bullernder Holzofen im Winter..." "Ja, früher haben die Menschen eben noch an Gott geglaubt..." Tims Vater ging seinem Sohn einen Schritt voraus und stieß die Tür zum Gartenhaus auf. "Komm rein, ist etwas kühler hier drin..." Die Tür führte direkt in den großen Wohnraum, in dem auch eine Küche untergebracht war, nebenan gab es ein Bad mit Toilette und zwei Schlafräume, einen benützte sein Vater, der andere war für Gäste reserviert. In der Ecke gegenüber der

Küche stand ein riesiger Schreibtisch, der mit Büchern und Zeitschriften bedeckt war, auch am Boden davor und rundherum stapelten sie sich. Wäre da nicht der aufgeklappte Laptop gewesen, der mitten aus dem Chaos herausragte, man hätte sich in der Studierstube eines Privatiers aus dem 19. Jahrhundert gewähnt. Tims Vater bemerkte den neugierigen, fast ehrfürchtigen Blick seines Sohnes. "Ganz untätig bin ich nicht, wie du siehst, auch wenn ich mich nur mit Papier umgebe..." Ein freundschaftlicher Seitenhieb gegen seinen Sohn, der sich in seinem Studium ohne Abschluß durch mehrere Fächer laviert, mehr zufällig seine Begabung als Computerprogrammierer entdeckt hatte und jetzt auf höchstem Niveau als Feuerwehrmann für renommierte Firmen arbeitete. Mühelos bewegte er sich in der Welt der *Bits und Bytes*, was ihm fast peinlich war, denn gefühlsmäßig fand er keine Bindung zu seiner gutbezahlten Tätigkeit und wußte nicht, wie er die Zeit zwischen seinen unregelmäßigen Einsätzen ausfüllen sollte. Er preschte dann oft mit seinem Auto ziellos über Landstraßen und Autobahnen und einer Sehnsucht hinterher, die er nicht zu benennen wußte. Tims Vater ging zum Kühlschrank, nahm einen Krug mit kaltem Wasser heraus, stellte ihn zusammen mit zwei Gläsern auf den Küchentisch und schenkte ein. Tim und sein Vater setzten sich einander gegenüber. Tim deutete mit dem Kopf in Richtung Schreibtisch und lächelte. "Noch immer die drei großen Fragen?" "Und noch ein paar kleinere dazu... warum wir so sind, wie wir sind... warum der Mensch nicht so leben kann wie die anderen Tiere... einfach nur von dem, was die Erde hergibt..." Tims Vater schien plötzlich zu erschlaffen, erschrocken sah Tim, wie sein Kopf nach vorne sank und sein Blick leer wurde. "Deine Mutter fehlt mir sehr..." Tim hob seine Hand und legte sie behutsam auf die seines Vaters. "Glaub' mir, du fehlst ihr auch... ist dir nicht aufgefallen, daß sie mit ihrem neuen Mann keine Kinder bekam?" "Der hatte doch schon zwei fast erwachsene Söhne..." "Das war nicht der Grund... sie wollte unbedingt ein Haus und diese ganzen Gemälde darin..." "Ja, sie war wie ein Heißluftballon, den nichts am Boden hält..." Tim schielte zu seinem Vater hinüber, der sich zu fangen schien und seinen letzten Satz mit einem wehmütigen Lächeln begleitete. Er nahm einen Schluck Wasser, und in seine Augen kehrte die alte Klarheit zurück. "Aber warum ich dich sprechen wollte... ein alter Freund von mir hat mich angerufen... seine Tochter ist aus einem Mädcheninternat abgehauen... *Marienheim*... nicht weit von hier..." Tim sah seinen Vater scharf an. "Das geschieht manchmal, und dann tauchen sie fast immer in einer Disco in München auf, *No Future,* keine Ahnung, warum... du hast mir doch mal erzählt, daß du ab und zu dort verkehrst..." Tim schüttelte den Kopf und lehnte sich zurück. "Du machst dir Gedanken über ein junges Mädchen, das seinen Eltern nicht gehorcht? Was würde Timothy O'Leary dazu sagen?" Tims Vater lächelte gequält. "Theorie und Praxis...

diese junge Frau hat außerordentliche Talente... ihre Eltern möchten nicht, daß sie alles wegwirft, sie soll zurück... um jeden Preis..." "Und falls nicht?" "Dann ist sie in großer Gefahr... auch die, die ihr helfen, sich zu verstecken..." "Was sind denn das für Menschen? Und was hat das alles mit dir zu tun? Oder mit mir?" "Die junge Frau heißt Natalja... Natalja Schewtschenko... und sie sieht genauso aus wie deine Tanja..." Tim hob den Kopf und sah seinen Vater entgeistert an. "Willst du damit sagen..." "Ja, tut mir leid... ich konnte ja nicht ahnen, daß du..." "Und wenn du es ihnen nicht verrätst?" "Ich fürchte, sie wissen es bereits..."

Tim stieg in den Maserati, schlug heftig die Tür seiner Fahrerseite zu, fuhr wortlos den schmalen Pfad zur Nebenstraße rückwärts zurück und hielt an. "Mein Gott, was bin ich für ein Esel..." Tanja sah Tim an. "Was ist los? Warum so aufgeregt?" Tim verwarf die Hände. "Natalja... Natalja Schewtschenko... ist das dein Name?" Tanja sank im Beifahrersitz in sich zusammen. "Dein Vater hat meinen Vater angerufen, und als er dich sah, wußte er sofort, wer du bist..." Tim machte hastig den Motor aus und ergriff ihre Hand. "Keine Angst, ich bin auf deiner Seite..." Tränen schossen ihr in die Augen, und sie flüsterte auf russisch. "Ja, ich bin Natalja, aber alles, was ich dir heute mittag gesagt habe, stimmt... wer sich gegen die Regeln auflehnt, ist erledigt, und die Familien werden in den Ruin getrieben... eine Freundin von mir starb bei einem 'Badeunfall'..." Tim atmete tief durch, warf sich im Fahrersitz zurück und schlug seinen Kopf mehrmals hart gegen das Polster. "Das ist doch absurd... und ich serviere dich denen auf dem Silbertablett..." Natalja richtete sich in ihrem Sitz wieder auf. "Was können wir tun?" Tim startete den Motor und fuhr entschlossen los. "Wir bleiben zusammen und halten die Augen offen... sobald mein Anwalt weiß, wer die Betreiber von *Marienheim* sind, greifen wir an..." Natalja beugte sich vor und küßte Tim wie eine Ertrinkende.

Das Garagentor kippte langsam nach hinten und gab den Weg frei in den schwarzen Schlund der Tiefgarage. Tim wandte sich an Natalja, die Klimaanlage blies auf höchster Stufe. "Wir lassen uns etwas zu essen kommen... ist sicherer so... und dann soll sich mein Anwalt um deine Verfolger kümmern..." Natalja nickte, und Tim ließ den Maserati nach unten gleiten. Er parkte auf seinem Stellplatz, er und Natalja stiegen gleichzeitig aus. Die Türen schlugen zu, dann waren zwei Schatten hinter ihnen, die sie beide fast gleichzeitig mit einem Taser lähmten. Tim sank langsam in sich zusammen, wie ein Gebäude, das gesprengt wird, und rollte geräuschlos auf die Seite, eine Nadel bohrte sich in seinen Schenkel. Natalja wurde von dem großen Kerl mit dem fettigen Haarkranz aufgefangen und zum mausgrauen Skoda Octavia getragen, dessen Heckklappe offen stand. Der kleinere der Angreifer, der Tim unschädlich gemacht hatte, ein Wiesel mit unsteten Augen und flaumigem Ziegenbärtchen auf dem fliehenden Kinn, half dem Kahlkopf, Natalja in Embryostellung in eine Art Liege zu betten, die sie auf der Ladefläche vorbereitet hatten. Flink und gekonnt fesselten sie Natalja an Händen und Füßen, zurrten sie auf der Liege fest, dann stieß ihr der Kahlkopf noch eine Spritze in den Arm. Die beiden schlugen zusammen die Heckklappe zu und stiegen vorne ein, das Wiesel setzte sich ans Steuer. Der Skoda fuhr vorsichtig aus der Parklücke, wendete Richtung Ausgang und beschleunigte, wenige Zentimeter an Tims leblos ausgestreckten Händen und Füßen vorbei.

Tim stützte sich mit der linken Hand an seiner Wohnungstür ab und versuchte mit der rechten vergeblich, den Schlüssel in das Schloß zu stecken. Er fühlte sich immer noch zittrig auf den Beinen und hatte lange gebraucht von der Tiefgarage bis hierher und dabei einige schräge Blicke seiner Nachbarn eingefangen. Tim ließ sich auf die Knie nieder, und jetzt, mit dem Schloß auf Augenhöhe, gelang es ihm endlich, den Schlüssel ins Schloß zu schieben. Der Riegel schnappte zurück, und Tim fiel mit der aufschwingenden Tür vornüber in die Wohnung. Er stand auf, schloß die Tür von innen und machte das Licht an, draußen war es bereits dunkel geworden. Er wankte mit letzter Kraft in sein Arbeitszimmer und ließ sich schwer in den Sessel vor seinem Computer fallen. Tim drückte auf Start, und der Bildschirm flammte auf. Die Post war voll, ganz zuoberst eine Nachricht seines Anwalts. 'Du wirst es nicht glauben, aber dein Vater ist einer der drei Bevollmächtigten von *Marienheim*: Alexander Salnikow, Pjotr Pulnitschin und Nikolaus Lermatow... was soll ich tun?' Tim raffte sich zusammen, griff nach dem Telefon und wählte die Nummer seines Vaters. Ein Summton ertönte, als gäbe es diesenAnschluß nicht mehr. Tim schloß für einen Augenblick die Augen, hielt sich am Sessel fest, ging nochmal ins Internet und gab unter *Mapquest* 'Aichsee' ein.

Von außen sah das Blockhaus verwittert und baufällig aus, innen war alles auf dem letzten technischen Stand. Das Erdgeschoß bestand aus einem einzigen großen Wohnraum mit integrierter Küche, die alle Schikanen enthielt, nach oben führte eine Holztreppe zu drei kleinen Schlafzimmern und einem luxuriösen Bad. Der Mann saß in Hemdsärmeln angespannt auf der bequemen Couch, das Jackett über die Lehne geworfen, davor stand ein gläserner Tisch, auf dem halbleere Gläser, ein Teller mit Gebäck und Kaffeetassen standen. Er war um die vierzig, groß, schlank, mit schütterem Haar, seine randlose Brille verlieh ihm etwas Unpersönliches, nur seine fleckig geröteten Wangen verrieten, daß er sich in einem Ausnahmezustand befand. Er war Natalja zugewandt, die dicht neben ihm saß, hatte eine ihrer

Hände gefaßt, die andere lag halb zudringlich, halb schüchtern auf ihrem Schenkel. Natalja trug noch immer das Kleid, das Tim ihr geschenkt hatte, ihre ganze Haltung war verspannt, ihre Augen glühten vor unterdrückter Ablehnung. "Ich bin sicher, ich habe die richtige Wahl getroffen, und ich hoffe sehr, das gilt auch für dich..." Natalja nahm ihre ganze Kraft zusammen, um nicht von dem Mann abzurücken, der sie ungeschickt und doch so siegesgewiß bedrängte. "Vielleicht sollten wir allmählich nach oben gehen, wir haben uns ja schon alles gesagt..." In gespielter Lässigkeit stand der Mann auf und zog Natalja an einer Hand mit sich hoch. Er faßte sie kurz und anzüglich um die Hüften und schritt zielstrebig zur Treppe. Natalja glitt behende an ihm vorbei, griff bei der Küche in ein Versteck und hatte plötzlich ein Messer in der Hand. Mit einem entsetzlichen Schrei stürzte sie sich auf den Mann, der sich am Fuß der Treppe erschrocken umdrehte und nicht verhindern konnte, was ihm jetzt geschah.

Das Wiesel und der Glatzkopf saßen stumpfsinnig im Skoda, hinter dichtem Buschwerk verborgen, und schreckten hoch, als sie Nataljas Schrei und gleich darauf das gurgelnde Stöhnen des Mannes vernahmen. Sie warfen sich aus dem Auto und hasteten auf das Haus zu, als die Eingangstür aufsprang und Natalja in wilder Panik in den Wald hinein rannte. Der Glatzkopf stieß das Wiesel an und deutete in die

Richtung, in die Natalja geflohen war, er selbst hielt auf den Eingang des Blockhauses zu. Im Haus lag der Mann am Treppenaufgang in einer Blutlache, die sich rasch ausdehnte, seine Augen waren weit aufgerissen, die Brille hing schief auf der Nase und nur noch an einem Ohr. Der Glatzkopf lehnte sich aufrecht gegen die Wand und atmete krampfhaft durch die Nase aus.

Tim verließ den schmalen Waldpfad, stellte den Maserati hinter dichten Büschen ab und ging zu Fuß weiter zum Blockhaus. Es war vollkommen still und niemand zu sehen, als er die kleine Lichtung erreichte und geduckt auf das Haus zu lief. Die Eingangstür stand immer noch offen, und Tim drehte sich rasch um den Türstock herum ins Innere. Er schlich weiter zur Tür, die ins Wohnzimmer führte, und als er vorsichtig seinen Kopf vorschob, um ins Zimmer zu schauen, starrten ihn die toten Augen des Mannes an, dessen Kopf jetzt fast vollständig in der Blutlache lag. Tim zuckte zurück, doch bevor er einen Gedanken fassen konnte, hatte ihn der Glatzkopf wieder mit dem Taser gelähmt. Er packte Tim an den Füßen, zog ihn in den Wohnraum und verpaßte ihm auch noch eine Spritze. Er ging in die Küche, streifte sich Gummihandschuhe über, nahm das Messer in die Hand, das neben dem Toten lag, säuberte den Griff mit einem Taschentuch, preßte mehrmals die Hand des Toten um den Messergriff, ging zu Tim zurück, kniete sich nieder, tastete nach seinen Rippen und packte das Messer. Sein Blick wurde glasig, als er es

Tim in die Seite stieß und es ihm danach behutsam in die rechte Hand drückte.

Auf dem Parkplatz vor dem Supermarkt herrschte reges Kommen und Gehen, als Nikolaus Leramow in die Einfahrt einbog und sich in eine freigewordene Lücke zwängte. Die Beifahrertür wurde geöffnet, und der Glatzkopf setzte sich neben ihn, sein Haarkranz war feucht und stand wie ein Baldachin fast waagrecht ab. "Was gibt's, was Sie mir nicht am Telefon sagen konnten?" "Die Kleine hat den Mann abgestochen..." Leramow starrte den Glatzkopf an. "Ungelogen... war 'ne Riesensauerei..." "Und das Mädchen?" "Haben wir wieder eingefangen... dann tauchte dieser Typ auf, mit dem sie zusammen war, und ich hab' die Sache so gedeichselt, als hätten sie sich gegenseitig abgemurkst..." "Der Junge ist... tot?" Der Glatzkopf nickte und sah aus dem Fenster. Leramow unterdrückte gewaltsam ein Zittern, das mit Macht in seinem Körper aufstieg. "Was sollen wir tun? Die beiden verschwinden lassen?" "Nein, Hauptsache, das Mädchen ist aus der Sache raus..." "Und Sie glauben, sie hält den Mund?" "Sie muß zurück nach Rußland, sie hat einen jüngeren Bruder, an dem sie sehr hängt, sie würde nicht wollen, daß ihm etwas geschieht..." Leramow spannte seine Muskeln an und hielt seine gerade Haltung bei. "Halten Sie sich bereit... ich muß mich mit meinen Partnern beraten..." "Kein Problem..." Der Glatzkopf faßte nach dem Türgriff. "Und das Geld?" Leramow holte einen Briefumschlag aus seiner Jackentasche und hielt ihn dem Glatzkopf hin. Dieser packte ihn mit einer seiner riesigen Schaufelhände, steckte ihn nachlässig ein, wuchtete seinen schweren Körper vom Beifahrersitz hoch und verschwand zwischen den geparkten Autos. Leramow sank nach vorne, sein Kopf stieß gegen das Lenkrad, ein dünnes Wimmern entrang sich seiner Brust.

Die sengende Mittagshitze hing wie eine Glocke über dem Moorsee inmitten des dichten Waldes, schon lange war der letzte Vogelgesang verstummt. Von keinem Windhauch bewegt, hatte die Wasseroberfläche das Aussehen eines bleiernen Spiegels, auf dem die gleißenden Sonnenstrahlen lautlos glitzerten und tanzten. Das Blockhaus unweit des Ufers stach aus dem Grün der Bäume wie ein gebleichter Knochen hervor. Alle Fenster waren geschlossen, auch die Eingangstür war wieder zu, doch plötzlich flog sie auf, und eine schwankende Gestalt erschien in der Öffnung, ein junger Mann, Tim. Er hielt sich eine Weile am Türrahmen fest, torkelte dann die Verandastufen hinunter, versuchte um die Ecke zum See zu gelangen, knickte in den Knien ein, drehte sich um sich selbst, knallte gegen die Wand, rutschte langsam an ihr hinunter und und blieb schief gegen die ausgebleichten Balken gelehnt reglos liegen. Hose und Hemd waren blutverschmiert, auch Arme und Hände waren voller Blut, das bereits geronnen war. Aus der rechten Hand, die sich schlaff öffnete, glitt ein ebenfalls blutverschmiertes Messer in das mit Unkraut überwucherte Gras. Wären da nicht die Augenlider gewesen, die in unregelmäßigen Abständen heftig flatterten, hätte man Tim für tot gehalten. In der Stille plötzlich Laute, das ungeschickte Eintauchen von Paddeln ins Wasser, das Lachen und Rufen von zwei jungen Leuten, das näher kam, das Geräusch eines Faltboots, das an Land gezogen wurde, und plötzlich ein Schrei. "Mein Gott! Da liegt jemand...!" Das Getrappel nackter Füße im Gras, dann, ganz nahe, die verängstigte Stimme eines jungen Mädchens. "Können Sie mich hören?" Der Verschluß einer Flasche wurde aufgeschraubt, und kühles Wasser rieselte über Kopf und Gesicht von Tim, der reflexartig schluckte. "Roby! Schnell! Ruf die Polizei und bring unsere Decke mit, der Mann verbrennt sonst in der Sonne..."

Tims blasser Kopf ragte aus dem Laken seines Krankenbetts hervor, das mit Zeitungen und Zeitschriften übersät war, als Natalja zur Tür herein kam. "Ich bin jetzt ein Held, und du bist endlich frei... und das *Marienheim* wird dichtgemacht..." Natalja küßte Tim vorsichtig auf den Mund und zog einen Stuhl ans Bett heran. Tim richtete sich mühsam auf, griff nach einer Zeitung und schlug sie an einer bestimmten Stelle auf. "'Bluttat im Blockhaus... laut Polizeibericht versuchte Tim L. offenbar, seine Freundin Natalja S. vor den Zudringlichkeiten eines älteren Mannes zu schützen, bei dem es sich um den Industriellen Maximilian von F. handeln soll. Von F. stach dabei mit einem Messer auf Tim L. ein und verletzte ihn schwer, der junge Mann entwand von F. das Messer und fügte ihm in Notwehr tödliche Stichverletzungen zu. Unklar ist noch, wie es überhaupt zu diesem verhängnisvollen Zusammentreffen in dem Blockhaus kam..."' Natalja schlug die Hände vors Gesicht und brach in Tränen aus. Tim legte die Zeitung weg. "Hätte doch gar nicht besser laufen können..." Natalja wischte sich die Tränen aus den Augen und sah in Tims lächelndes Gesicht. "Dein Vater hat mir gesagt, was du aussagen würdest, und ich habe mich bei der Polizei daran gehalten..." "Mir hat er gebeichtet, was wirklich geschah... sie wollten dich raushalten, damit es keine Verbindung zum *Marienheim* gab, und schoben es mir in die Schuhe... ein genialer Plan... ihr Pech nur, daß ich überlebte..." Natalja ergriff Tims Hand, die Tränen schossen ihr wieder in die Augen. "Niemals kann ich vergessen, was ich getan habe und daß du dich für mich opferst..." "Du warst Freiwild, da war jedes Mittel recht..." Tim hob mühsam den Kopf. "Bleib bei mir... wenn das alles vorbei ist, starten wir richtig durch..." Natalja richtete sich in ihrem Stuhl auf und lächelte. "Mal sehen, aber nur, wenn sich bei dir da unten wieder etwas rührt..."

FSC
www.fsc.org

MIX

Papier | Fördert
gute Waldnutzung

FSC® C083411

Zeitfracht Medien GmbH
Ferdinand-Jühlke-Straße 7
99095 Erfurt, Deutschland
produktsicherheit@kolibri360.de